BUR
Rizzoli

Dello stesso autore in BUR Rizzoli

La trilogia Il dio impossibile
Scuola di nudo
Un dolore normale
Troppi paradisi

Il canto del diavolo
Resistere non serve a niente

WALTER SITI

UN DOLORE NORMALE

ISBN 978-88-17-08929-6

Prima edizione Rizzoli 2014
Prima edizione BUR settembre 2016

Impaginazione: NetPhilo, Milano

Seguici su:

Twitter: @BUR_Rizzoli www.bur.eu Facebook: /RizzoliLibri

UN DOLORE NORMALE

Aveva sparato su Dio, lo aveva solo ferito
e se ne era fatto perciò un nemico mortale.

Piangere fa venire gli occhi belli, diceva mia nonna; peccato che ora non sia capace di spremere una lacrima. Di solito sono un uomo che piange, che scioglie il catarro nelle lacrime e ne riempie fazzoletti; i materassi sobbalzavano galleggiando sul mio muco, non è per vantarmi – né per giustificarmi, del resto. La tranvata è stata forte, il muso contro la porta quando già ero sicuro d'entrare.

Non pubblicano il mio libro, non vogliono: loro che hanno il potere di dare alla luce. Era già pronto il titolo, con sorpresa, *Rettifica d'amore*: libro breve, maneggevole, centosessanta pagine. S'aspettavano un successo di scandalo, pare, dal precedente – che non c'è stato. Chi mi stima è sottoposto a pressioni («si è rivelato un one-book man, qui siamo a Liala»); chi è da sempre mio nemico imperversa («non ha appeal narrativo, non è permeante l'idea»). Figuriamoci se mi metto a indagare sui retroscena o (peggio) sulla "dialettica interna" alla casa editrice. Il punto è che hanno ragione. Ero così poco abituato alla felicità che ho voluto cantare come una gallina che ha appena fatto l'uovo; ma nemmeno l'atteggiamento contrario (la mia teoria della letteratura come guaito) è in grado di ottenere risultati migliori. Intelligenza forse, sofferenza di sicuro, talento neanche un po'. Il mio sbudellarmi non arriva alla sufficienza. Ma come fanno quelli che parlano d'altro, e rendono omaggio alla bellezza senza perdere la buona salute? Sto mettendo tutti in imbarazzo.

Ora il gioco ha talmente passato la misura, c'è una [illegible]rzione. "Gioco" non è la parola giusta, la sua [illegible]che mi guarda sì – non ho tempo né voglia di trovare la parola giusta. Sto scrivendo in piedi col quaderno appoggiato alla parete, è il minimo che gli devo. Le desidero tanto, quelle rose, che si scansano per legittima difesa – è lì la radice del male. Sicché ho pianto, ma non per un giorno, per una settimana senza fermarmi; perfino mia madre, a cinquecento chilometri di distanza, ha intuito che c'era qualcosa («t'en n'e menga in del to pighi»). Non sei nelle tue pieghe. Più passava il tempo e più mi disperavo; in me l'amor proprio s'è dilatato a spese della coscienza, lo so.

«Se riuscissi a piangere come te, non mi sarebbe venuta l'ulcera.»

Così gli amici, quelli cari; lui poi, mentre mi reggeva la fronte con le mani e si preoccupava che i singhiozzi non mi spezzassero in due, era come se un oggetto che aveva ammirato, o una risorsa su cui una volta aveva puntato, gli si sbriciolassero tra le dita e si rifiutava d'ammetterlo: «Allora non mi vuoi bene, se dici che non ti resta più niente».

Il mondo non è fatto per me; le cose, anche le più semplici (un accendino, un pilastro), solo se le scrivo non mi feriscono – se non so nemmeno scriverle è meglio che mi tolga di mezzo, proprio.

«Dài, non vedi che si stanno prostituendo? Pubblicano solo cantautori, non devi buttarti giù in questo modo.»

«Non è la realtà che fa schifo, le mie occasioni le ho avute... faccio schifo io.»

Dopo questo fallimento, pensavo, non posso trattare Mimmo col solito tono protettivo; non sono l'uomo di successo che aveva scelto, non se lo merita di stare con un piagnone. Avevo già immaginato la copertina, una carta da gioco su cui Rousseau aveva preso appunti, otto cuori fitti di scrittura – questo particolare, a ricordarlo, fa precipitare il dolore. La bella faccia distesa di questi ultimi tre anni, che chi m'incontrava si congratulava «ti trovo benissimo», ormai è un sogno più che una parentesi; sono tornato all'adolescenza, ma allora almeno c'era la frenesia sessuale a fare da traino – adesso mi sento come se tra le gambe avessi una pezzuola bagnata. La sua freschezza merita di meglio.

Meritava. Insomma ho tirato avanti così per quasi un mese, senza quel pizzico di fiducia che consente di sopportare il sole sul terrazzo; facevo rafting in un torrente di lacrime, augurandomi che un terremoto radesse al suolo Torino ma Torino non sta in zona sismica. «Sei la persona più bella che abbia mai incontrato» mi rincuorava Mimmo, «sono disposto a qualsiasi cosa per te, anche a rinunciare al mio avvenire.» Poi s'inventava diversivi in forma di pic-nic: «amoricchio, non vedo l'ora che arrivi domenica» – con la stessa ruga ipocrita, lo stesso falsetto nella voce con cui si tenta di distrarre un malato terminale.

È infame che io faccia di questi paragoni, *adesso*; ma è per dire che volevo solo liberarmene, non che succedesse quel che poi... Liberarmene, sì. Prima tortuosamente, se m'ammazzo starà di merda, perderà i nervi saldi che gli servono per il lavoro: devo ottenere che mi odi e che si allontani da me di sua spontanea volontà. È lui che m'obbliga a vivere: allontanandolo potrei decidere se continuare mattina per mattina. Nel suo interesse. E davvero ci pensavo alle pastiglie e al treno, lo giuro.

Ma è stata la sua inalterabile affettuosità a chiarire quel che volevo: *il suo prodigarsi, se com'è umano mi ci aggrappassi, m'intrappolerebbe per sempre.* Ho capito che lui era stato un'illusione ottica, l'ennesima, la cui durata era giustificata solo dalla speranza che *producesse* il libro. Il libro (ecco la scoperta) non era la prova a cui sottoporre il nostro chiamiamolo amore – doveva essere piuttosto lo strumento che attirando nuova preda m'aiutasse a disfarmi di quella stantia, esattamente come l'altra volta. Per questo la pubblicazione era necessaria. Negandomela, l'editore mi condannava a marcire prigioniero della mia astuzia.

Un libro significa riverginarsi: fare, della propria vita fino a quel momento, la vita d'un altro. Per questo, ora lo capivo, Mimmo era quasi *contento* che m'avessero detto di no: perché così non sarei volato via (oltre che per motivi meno nobili su cui non mancherò di ragguagliare). Il risentimento contro di lui, covato a lungo, finalmente correva a briglia sciolta: era colpa sua se il libro era orrendo, perché m'ero sforzato di adeguarlo ai suoi gusti – imparare a scrivere con qualcuno in casa m'era parsa chissà quale vittoria, mentre solo senza nessuno tra le palle riesco a condurre una pagina alle estreme conseguenze. («Ah sì? Quindi ora dovresti creare la *Divina Commedia*, povero idiota.») Ci credo che l'antagonista non è risultato un personaggio interessante, non era interessante il modello.

A meno di non liberarmi da solo, *riscrivendo il libro e facendolo diventare così odioso da rendere la rottura inevitabile.* Non sarebbe stato difficile, bastava togliere un po' di fiction, restaurare quel che avevo censurato e aggiungere, ma rara, qualche bugia. Se l'amore aveva rovinato il libro, che i rottami del libro mi sciogliessero dall'amore. Appena escogitata la strategia ho cominciato a soffrire di meno, ero di nuovo attivo. Qualche bugia l'ho aggiunta e di questo renderò conto a ogni tribunale che ne farà richiesta: ma quel che ancora mi sorprende è di che piccoli interventi ci sia stato bisogno per trasformare un libro nell'altro. Un libro per farsi assolvere, voglio dire, in un libro per farsi lasciare.

Eravamo a Bergamo, a spasso tra contrafforti e rampicanti (che c'entra?): avevo sognato di tornare nella mia casa da studente e al posto del materasso c'era un'asse lunga e stretta. In data 12 novembre 1997 ho ridato il libro a Mimmo, nella seconda versione. Per fare lo spiritoso avevo messo un "2" al titolo. Riportando qui integralmente quel che Mimmo ha dovuto leggere, o meglio rileggere, ho marcato con un diverso carattere tipografico <questo, chiamato Tahoma> le aggiunte "cattive" – perché si possa giudicare.

Rettifica d'amore 2

Quando le stelle mi regalarono il fuoco
non capii che era il fuoco delle stelle
e non il mio.
Brucia queste pagine, amore:
stendi le mani, e scaldati.

1

"Stendi le mani, e scaldati": la dedica che t'avevo promesso – come vedi mantengo le promesse, ma da questo punto in poi il libro che troverai non sarà quello che t'aspettavi («wow, l'evento letterario dell'anno, tutti s'innamoreranno di me, ma non farlo troppo difficile»). Mi dispiace, non posso regalarti un libro di poesie d'amore. Intanto perché per scrivere poesie bisogna essere poeti e io non lo sono – e poi perché il nostro amore non ha niente d'eccezionale, è un amore come tanti: comune senza essere tipico, né esemplare. Un amore che *non merita* poesie. Già gli amici protestano che innamorandomi mi sono rammollito e che ho perso la mia dote migliore, la crudeltà. Mi raccomandano di non calarmi le brache metafisiche.

(«Il fuoco dovrebbe bruciarti la faccia | di vergogna: con quello che succede | fare l'innamoratino, il professore | di ritorno. Come se l'amore | dimostrasse ancora qualcosa. Ma in fondo è meglio | che parli così, a edificazione e scorno | di chi una volta t'ha prestato fede.»)

Ci saranno quindi dei versi, non delle poesie – e sono i versi che conosci già, un po' cambiati: quelli che settimana dopo settimana, per tutto quest'anno e mezzo, t'ho fatto trovare sotto il coniglio-totem, quello coi piedi blu, nell'angolo a destra della libreria. Le prose invece non le conosci, le avevo raccolte in un file speciale denominato *verità.doc* e protetto da una password; sono costruite (le prose) come pagine di diario e le ho scritte in corsivo perché il corsivo è obliquo, è l'ombra. Ci ho messo dentro il mio (il nostro?) negativo, compresa l'ipotesi che questi diciotto mesi siano stati un equivoco e, almeno per quanto mi riguarda, una recita; quante volte, facendo l'amore con te, ho sperato che al tuo posto ci fosse qualcun altro!

Perché non te le ho mostrate prima, dirai, perché non te ne ho *parlato*. È un mio trucco professionale, mentire nella vita per poter essere sincero quando scrivo; accumulare tradimenti finché la misura non sia colma e liberarmene scrivendo. Come i vigliacchi che lasciano un biglietto prima di suicidarsi, solo che nel mio caso a morire sono gli altri. Quand'ero ragazzo non avevo una password per nasconderci il rancore verso i miei, ma anche allora mai una litigata, mai un confronto: di colpo cambiare aria, oplà, invece che un figlio presentargli un nemico. La scommessa che voglio fare con te è di vedere se posso interrompere la catena – se posso, per una volta nella vita, *dire tutto* a chi amo senza che l'amore svanisca. Anche con te ho cominciato male, l'ammetto: però adesso le pagine sono qui, leggile.

La scommessa sarebbe persa in partenza se non fossi sicuro che il negativo, per noi, è bilanciato da un contrappeso: non solo la stupidera dei versi, appunto, ma il tepore di qualcosa che proprio perché non è spiegabile rifiuta di spezzarsi. Come il morbido azzardo di questo esame che stiamo preparando insieme: date e problemi tra le foglie. «Un sacchetto contiene 48 palline, bianche rosse e nere; la probabilità che, estraendo contemporaneamente due palline, esse siano entrambe bianche è doppia rispetto alla probabilità che, estraendone contemporaneamente tre, esse siano tutte e tre rosse; quante sono le palline nere nel sacchetto?» «Non ce la faremo mai.» Un filo teso tra gli occhi. Tienili aperti e vedrai che non muore nessuno. «Ce la faremo.» Visiteremo l'edificio in tutti i cantucci, esenti da quella strana fretta che è la disperazione. Le palline nere sono tre.

Non voglio (e non potrei comunque, lo so) incantarti con le frasi: la tua permalosità è biologica, sensuale e musicale, le tue decisioni sono nette. Se ti sentirai offeso (o meglio, se l'offesa sarà più forte della vanità) taglierai, col coraggio che hanno le donne in queste cose.

Cos'è allora, voglio smontare il giocattolo per vedere com'è fatto? Non sono pazzo, non completamente. Voglio capire qualcosa e ho bisogno che tu m'aiuti. Voglio scoprire se i desideri non-compatibili possono conciliarsi con una vita normale; se il paesaggio può apparire gradevole anche a chi non ne è escluso. Non ne posso più dell'altrove, non si sfugge alla natura.

Non so come facciano certuni a considerare l'amore una questione privata: la domanda che l'amore ci pone è la stessa che vige alle frontiere estreme della ricerca scientifica (se l'universo sia uno, o se siano infiniti) e filosofica (se il desiderio troppo svalutato annulli il soggetto). Ci stai a fare questo esperimento di laboratorio, a costo di soffrire, ti fidi di me? Dovrai pagare per un'iniziativa che non hai preso tu, scusami; ma questo è un esperimento che non si può fare da soli. E tu, per ragioni che risulteranno chiare in seguito, sei particolarmente adatto come cavia.

Comincerò dai momenti belli, dai versi che ricordi con più dolcezza, i primi, quando ci conoscevamo appena, quelli che *non* ti ho lasciato sotto lo zerbino. (Ah, la password nel computer non serve più, era "pietro", dal nome dell'ultimo culturista che ho fotografato senza vestiti, dieci giorni prima d'incontrarti.) Fino a mezz'ora fa minacciava di piovere, il ristagnare della bassa pressione in un pomeriggio di fine maggio toglieva il respiro. T'ho guardato mentre facendo perno su una gamba t'inclinavi a bilanciere per chiudere il lucchetto della vespa; quell'arco di compasso m'allarga i polmoni. Ecco: qualunque cosa stia per rovinarci addosso e comunque vada a finire, sappi che tu sei stato e sei il mio volo – il massimo di rondine che riesco a sopportare.

2

Gli occhi degli erbivori, a causa d'una curvatura del cristallino meno accentuata della nostra, vedono il mondo ingigantito rispetto a come lo vediamo noi; anomalia che li rende timorosi e grati nello stesso tempo. Gli erbivori nacquero quando la terra era ancora innamorata.

Questo scriteriato impulso (già
i portieri dormono, alle due
di notte, e i citofoni tacciono)
a farmi squillo soffice, cristallo

liquido, fantasma pony-express –
a un cuscino che non conosco, questo
raptus di scemenza, per dirti
non so cosa (del pulcino e dell'uovo)

è il solito intenerimento vile
o è qualcosa di più acrobatico
come lo sperare d'un vecchio?

(Eccomi qui, decapitato, che provo
tra le tue mani allo specchio
il mio sorriso di trent'anni fa.)

Inaugurato con l'oro. Tutto è partito da pochi grammi d'oro (non è a te che lo racconto ma al mio esattore, per convincerlo che deve lasciarmi libero in questa storia) – uno di quei braccialettini a buon mercato con lo spazio per scriverci il nome, solo che non c'era nessun nome inciso, sicché anche se avessi voluto non avrei saputo a chi restituirlo. Il fatto d'aver trovato dell'oro sulla strada, poco prima d'incontrarti, aveva messo a tacere molti scrupoli e creato una sospensione pneumatica come quella che al ministero delle Finanze spinge in alto i bussolotti coi numeri per la lotteria.

L'oro s'era ripresentato più tardi, come lista di luce che filtrava dalla tua porta – i versi non ce li avevo infilati perché di colpo m'era venuto il sospetto che tu dividessi l'appartamento con una donna e che potesse riderne. Baldanzosamente però, nel buio attento e partecipe tutt'intorno, baldanzosamente la notte successiva a mezzanotte esatta, tra gli spifferi gelidi delle fontane (che a ricordarli adesso, con quest'afa, sembrano da soli una festa), nell'angolo sbilenco del colonnato che ormai era diventato il nostro, presi da nostalgia di celebrare la minuscola ricorrenza c'eravamo imbattuti l'uno nell'altro («sul luogo del delitto») – arrivati dalle opposte estremità della piazza, nello stesso punto e alla stessa ora, pilotati dalla medesima superstizione senza che nessuno dei due l'avesse preventivato. Continuavamo a sorridere con le orecchie e a rilanciarci con le labbra: e anche lì, per non so quale gibigianna o enfasi della ricchezza papale, brillava in alto la profilatura d'un fregio, con ovoidi e stelle in purissimo oro.

Dieci giorni dopo ci fu la coincidenza telefonica, che alzai la cornetta e non sentendo il solito segnale dissi «pronto» perplesso e dall'altra parte m'hai risposto tu, perché avevi già fatto il numero e aspettavi lo squillo; non so a che velocità corra l'impulso nei fili e non posso calcolare il coefficiente di probabilità – non m'affido ai maghi come fai tu, ma certo in quel primo mese il caso ci ha coccolati, sedotti, frastornati e commossi. (Ieri sono tornato al colonnato e a terra c'era un bottone da cardigan, blu quasi nero ma cerchiato da un bordino d'oro, ancora lì a testimoniare.)

3

Alla presentazione romana del mio pletorico romanzo non potevo guardare dalla tua parte per non tradirmi, il nostro annusarci era ancora segreto – i vecchi nodi non ancora recisi. Tu però un piano in testa te l'eri fatto: avevi scritto su un bigliettino cinquantasei volte «ti amo» in figura di sonetto, quattro per ogni verso, e m'avresti passato il messaggio di soppiatto, appallottolandolo come a scuola e stringendomi la mano in segno d'ammirazione. Non l'avevi previsto che ti saresti trovato tu nel palmo (perché anch'io avevo architettato l'identico stratagemma, di premerti distrattamente la mano come si fa per gentilezza con un ammiratore fedele) – che ti saresti trovato tu nel palmo, in un difficile incrocio di cellulose, un foglio di quaderno ripiegato in otto.

Navi piccole come un guscio di noce
risalgono l'iride, cercano un segreto:
come fa l'anima a essere materiale
completa di saliva e lividi?
                                        Oppure
perché carbonio e sodio si rispondono
come la luna sul mare, impalpabili
più che le vibrazioni della tua voce?

(Come se rispondesse, *doce doce*
dalle fessure della radio
Murolo: «sospiro mio carnale...»)

L'amica che t'accompagnava (mentre tu, estasiato dal sincronismo, le sussurravi «voi che non ci credevate, potete schiattare mo'») si muoveva mascherando a fatica le fitte di dolore al petto perché s'era rotta una costola nella foga di copulare – impegnativo traguardo. Con un professore egiziano di filosofia, «ma non glielo vuole dire altrimenti la tratta come una bambolina di vetro» – la densità dell'immateriale fu il primo vincolo tra noi, implicato dal suo contrario: sotto la doccia facevo l'inventario degli ematomi come un pastore che conta le stelle.

«Non hai limiti, non hai confini» insistevi accarezzandomi, e il suggeritore luciferino che non riesco a sfrattare da me insinuava che fosse un'allusione alla mia obesità; «sei soffice» infatti aggiungevi, ma anche «sei luminoso». Invece no, era una polemica inconsapevole contro la convinzione che in altri tempi m'aveva sostenuto, che la geometria venga prima di tutto. Avrei voluto saperne di più, forzando i ricordi liceali, dell'equazione che mette in rapporto la massa e l'energia – sapevo solo che c'entrava la velocità della luce, al quadrato. Il nastro trasportatore scorreva velocissimo, la notte farneticavo d'essere felice e me ne vergognavo al risveglio. Non toccavo terra e gli oggetti più solidi avevano la grana dell'aria: come sedendo a fianco di mio cugino collaudatore, in una Maserati lanciata a duecentotrenta in autostrada, la potenza del motore mi incartocciava e mi negava il paesaggio circostante. Vivevo in una temporanea vacanza dell'organo della vista (ma se c'è una cosa di cui ancora adesso non posso lamentarmi è la cilindrata).

«Le piume che ti strinano | negli occhi e le mani roventi e tutta quella seta | mi minacciano, aspettano ch'io t'aspetti | che tu ritorni col vortice, e la spada | per la dose giornaliera»; tra contusioni e repliche attraversavo mille volte al giorno il confine che separa la meccanica dalla quantistica. «Sei tu, sei tu, come faccio a confonderti» ansimavi tra un liquido e l'altro, e poi «voglio il tuo cervello, il tuo cuore»; rispondevo con l'opacità dei tardigradi ai tuoi occhi che allora mi sembravano neri, se il nero potesse presentarsi come il più acuminato degli azzurri. Un flusso di corrente calda, occhi corridoio, occhi föhn, e un profilo da generale cartaginese.

«Non lasciarlo installare a casa tua, non intestargli niente» si preoccupava mio fratello – io scherzavo «dopo aver impiegato dieci anni della mia vita a mostrare com'ero, eccomi qui con la mia gratitudine per l'unico che non ci ha creduto; sostiene che far l'amore è un modo di comunicare, ma se è così è molto chiacchierone». Mi stupivo della frequenza con cui mi cercavi, e dei tremiti. "Ha reazioni così esagerate" pensavo, "ogni volta che lo tocco, che probabilmente sta simulando, ma perché? Forse ha scommesso con qualcuno che sarebbe riuscito a farmi sbarellare, forse è stato assoldato dai miei nemici e quando avrà concluso il suo incarico se ne andrà sghignazzando. I batticuori coi culturisti non erano sesso, questo lo è – talmente ingolfato e cieco dentro la bruta materia che la stronzata 'ti sto dando l'anima' acquista una specie di plausibilità. Alle tre, alle sei, alle nove, non è normale: è una vendetta, un'ossessione, un vizio. I nudi, contemplativi e multipli e ascetici, quelli erano puri."

I primi giorni furono davvero entusiasmanti, come sempre quando si inventa d'essere innamorati. La sintomatologia è uguale per tutti, inutile illudersi, io ci ho solo aggiunto un po' di stupore. «Non è una storia d'amore omosessuale» predicavo agli amici, «è una storia d'amore e basta»; e lo dicevo con orgoglio, mi faceva sentire *moderno*. Naturalmente c'era la convinzione, implicita, che avrei potuto sfruttare la nostra storia per un libro; il libro invece non piace a nessuno, il che getta un'ombra deprimente anche sulla storia.

4

Dici che sono un cartoon
col naso buffo, i capelli schizzati
e l'aria stralunata di Nichetti:
il tuo lavoro di doppiatore

non ti suggerisce per caso
qual è il tuo compito? Non sei tu
(con la tua voce mineraria)
che dai l'anima ai fumetti?

Quando lo racconto, l'inizio primo primo, protestano che affabulo, che è troppo pittoresco per essere vero. Invece è proprio andata così, nei dettagli. Un giorno telefona un tizio, lei non mi conosce, mi chiamo Domenico Imparato e ho letto una sua intervista sull'«Europeo» che m'ha intrigato molto, vorrei sapere se ci sarà a breve una presentazione del suo libro. Il tredici dicembre lo presenterò qui a Roma, e questo sabato a Firenze. Peccato, sabato non posso. Amen, faccio in tempo a notare una bellissima voce, aromatica nei toni bassi. Risquilla dopo pochi minuti, sono sempre io mi scusi, mi sono liberato da un impegno e sabato potrei essere a Firenze, dove esattamente? Da Feltrinelli in via Cerretani, alle diciotto.

A Firenze non ci pensavo neanche più, era pieno d'amici che m'avevano preparato una torta a forma di libro – solo all'ultimo viene e si presenta, congratulazioni, sono Domenico Imparato: stretta energica, viso da ricordare. Giacca e cravatta, «chi era quel tipo azzimato che t'ha dato la mano due volte?» Tornando a Roma in treno, trovo nella tasca del cappotto una pagina piegata, strappata da *Novecento* di Baricco, con sottolineature e un'aggiunta a pennarello rosso: «che voleva dire durante la conferenza affermando che la nave rappresenta la letteratura? Mi piacerebbe parlarne con lei». Seguono firma, con svolazzi, e numero; ricordo il viso e la stretta, dopo due giorni lo chiamo.

Per verificare l'intensità del suo interesse gli propongo piazza San Pietro ma a mezzanotte – non fa una piega, perfetto, a mezzanotte in punto è lì, e da lì in cinque minuti a casa mia (s'è rasato di fresco e io no, uno a zero per me). Mi dà ancora del lei: «senta, devo confessarle subito che l'intervista sull'"Europeo" non l'ho letta, ho solo visto la foto e ho deciso che la dovevo conoscere». Questo è matto, è un altro dei dementi e dei mitomani che il libro attira, disfarsene d'urgenza, aria aria, però – la foto, eh? – se fosse vero si tratterebbe d'attrazione fisica, non male alla mia età, lui non deve averne più di trenta. Glielo chiedo, ventisette. Butta lì qualche avances, la pancia è segno d'autorevolezza, lui di bretelle se ne intende e alle mie vien voglia di dondolarsi; ostento il permanere del lei: «mi dia retta, in questo periodo ho bisogno di tutto meno che di complicazioni sicché la prego di non insistere, anzi s'è fatto tardi, non la voglio cacciare ma...». In quel momento ha avuto il colpo di genio: siccome di mestiere fa il doppiatore di cartoni animati, in tivù e al cinema, e dato che per via del vocione gli danno da doppiare soprattutto i cagnoni e gli orsi, ha ricominciato con le avances alzandosi, quante cose buonissime ci devono essere in questa panciotta, ma con la voce dell'orso Yoghi – era proprio lui, preciso. Come fai a dire di no all'orso Yoghi che ti fa delle proposte?

Forse tu l'inizio non l'avresti riassunto così; forse, come negli spettacoli di prestidigitazione, ho visto quello che tu hai voluto che vedessi; non ho mai capito perché ti sei buttato senza rete. Che panico ti spingeva. Come se nell'avventura a perdifiato con me tu avessi voluto soddisfare non so che bisogno di "trasgressione assistita".

Quando te lo chiedo ti trinceri dietro la premonizione esoterica («l'avevo già captato che eri l'uomo per me e che eri pronto per cambiare») – è vero che quella notte mi sono sentito diverso dal solito, non è nelle mie abitudini limitarmi alle carezze e ai baci delicati. Ero rimasto un po' deluso dal torace, che finché avevi la giacca era parso più cospicuo – ma il buchetto sul mento e gli zigomi e le spezie del mediterraneo suggerivano rispetto, invitavano alla lentezza. Tempi casti, e ciclici, come per la pesca o per gli scavi. (I baci, in compenso, si distesero in tutto il loro splendore, esultarono dopo il traguardo come gregari a cui per una volta fosse stato consentito di sottrarsi alla disciplina di squadra.) E non t'avevo ancora visto ballare.

5

26 dicembre '94

I treni mentono, sono loro i responsabili delle nostre ipocrisie. Sfogliando il romanzo del vento, lasciano indietro campanili e genitori. «Voglio amarti, voglio amarti» ripete troppo spesso; perché non mi ama e basta, senza tutto questo volere? La parte superficiale del corpo per l'eccessiva frizione si consuma. Il nostro letto è un bisticciarsi di treni in corsa, con i bagagli che escono dai finestrini – tutta una settimana bianca, con stelle alpine sulla coperta e a chiazze sulla pelle. Gli ho scritto dei versi che non vale la pena di ricordare, in cui gli parlo di papaveri bugiardi nella loro neutralità di fiore; concavi come le sue mani, carne essi stessi. Anticipo mentalmente l'estate perché ho paura che non saremo più insieme quando arriverà; «i pensieri si confondono col volo delle anitre | bianche pagine verticali come le lenzuola». D'amore bisognerebbe parlarne da giovani quando si ha il linguaggio adatto, sbadato quel che basta; mi sento impedito da qualcosa che ho inventato io stesso. «Ho bisogno di crederci» m'ha detto anche lui l'altro giorno; il che significa, in buon linguaggio luciferino, che anche per lui è una finzione. Come si può svilire, fingendolo, il respiro.

Lo stordimento era anche dovuto alla tua spericolatezza, quella proprio fisica legata alla sottovalutazione del rischio: come quel giorno che ti sei spenzolato dal baratro sopra Terracina, al tempio di Giove Anxur, e la sciarpa rossa è precipitata nel vuoto; o quando fai le gimcane sulla moto da cross senza sellino, o la leggenda di te che ti butti giù per una pista nera sapendo sciare pochissimo («è bello andare con Mimmo perché è uno che non si fotte di paura»). Quando m'hai detto che sei stato nazionale juniores di pattinaggio una decina d'anni fa, allora ho capito come fai a offrirti così senza riserve – è perché sei sicuro di non cadere. Chiudi gli occhi come se pregassi o se inghiottissi una pillola.

Io che tratto la mia carne innamorata come carne morta, o meglio carne fuori allenamento che non risponde alle sollecitazioni del cervello. La tua, come dire, densità oblativa, per misurarla basta vederti mentre ti concedi all'esplorazione – senza un gemito, i fianchi in alto e la testa sepolta nel cuscino come i dromedari quando si riposano. Nel rugby i passaggi con le mani si possono fare solamente all'indietro. Il tuo invito a inoltrarmi mi blocca, scatena resistenze immaginarie che rimpallano anche in te le virtualità del falsario. Il cielo aveva il tuo colore, quel rosa brunito che ha il derma perianale quando si tende come una valvola di gomma; scivolare è un gonfiore che ha successo e induce ad altro scivolare.

L'altra notte era un fiume simile all'Enza
appena incurvato, che stringevo nel suo scorrere;

come si possa stringere l'impermanenza
degli elementi, aria acqua fuoco (una caverna

non concava ma convessa era il nostro motore)
è quello che più che chiederti ti regalo

in questa mattina d'Alpi insolenti, senza
foschia, senz'altro innesto che l'amore.

Il vero nocciolo è la musica: l'unica forma d'arte che capisci istintivamente, molto al di là del tuo grado di cultura. «Sei il mio pianoforte e mio fratello», t'avevo messo sotto il coniglio, ti ricordi? – «sette tasti abbronzati e quattro no.» A pensarci bene, sei anche il mio violino: per me, che non so leggere il pentagramma, toccare con le dita le increspature, le piccole asperità della vernice a caldo, assecondando il crinale delle vene interne... Ma dicevo che il nocciolo è la musica, in un altro senso.

La poesia è il luogo in cui la lingua si confessa alla musica: cioè alla matematica, che è corpo e respiro. Puoi barare con le parole, *ma non quando sono in versi.* Se la poesia non viene, non è mancanza d'abilità, è mancanza d'essere: vuol dire che non sei abbastanza innocente, che non abiti dove pretendi d'abitare. Se i versi che inserisco in questo libro sono ingessati e goffi, vuol dire che il mio amore è finto – il primo tradimento è estetico. (Ma un sentimento dubbio non potevo esprimerlo, data la legge di omogeneità dei materiali, che utilizzando uno strumento per me altrettanto dubbio e massimamente soggetto a fallire come i versi: diciamo che i versi sono *il corpo del reato.*)

Scusami, Domenico, queste considerazioni sono offensive perché so che tu le mie poesie le consideri bellissime. È che non capisco più che cosa sia l'onestà. Se è quella a letto, le radiazioni pulite di cui siamo gelosi, o se consiste nell'intervallo tra due ritmi: il sincopato che mi suona in testa la mattina, quando mi sveglio con l'alluce tra le tue natiche («che fai?» «sto con un piede nella fossa»), e l'ambiziosa melodia che sarebbe la sanzione dell'eccellenza. Chi arriva alla pari ma partendo con l'handicap, in realtà è superiore. Una faticosa ascesa per convincere organi semplici. Quando mi alzo per accenderti la stufetta, le tue genuflessioni in bagno si moltiplicano fino ad aizzare in me un principio di danza («muso di tapiro»).

Dovevo saperlo che, una volta finita l'ubriacatura della novità corporale, il tuo essere-ignorante-come-una-talpa m'avrebbe respinto. Ma, statisticamente, per noi omosessuali è più difficile trovare un compagno e questo ci induce ad abbassare la soglia delle pretese. Se hai veramente fame non ti vergogni a rovistare tra i rifiuti. Questione d'indigenza cronica, come per te (non negarlo) accontentarti della mia carne frolla.

6

A proposito d'innocenza, non te ne ho mai parlato – ma s'è rifatto vivo oggi, dopo un anno. La montagna di actina e miosina ha di nuovo rischiato di far esplodere le pareti; il polso è impazzito, illudendosi d'un ritorno di fiamma tanto più promettente quanto più tardivo – ma che ne sa il polso: è soltanto che oggi, otto giugno, è il suo compleanno e s'è ricordato del trattamento che gli avevo riservato l'anno scorso. Insomma, è venuto a riscuotere: «come, n'anno fa c'è mancato poco m'ammazzavi de regali, e mo' si nun t'oo dicevo...».

Gli occhi (occhietti piccoli e irregolari, non belli come i tuoi) gli si erano squagliati di autostima soddisfatta annegando nei pacchetti: tute, cinture, canottiere, slip da competizione, integratori alimentari. Ero sempre tentato di regalargli cose da indossare, per enfatizzare la nudità e congratularmi della selvaggina che avevo messo in carniere («me dài tutto st'affetto e me vòi pure rivestì, ma chi sei, babbo natale?»). Desideravo che mi benedicesse la casa con le sue proteine, sicché fu logico dargli le chiavi, che ci venisse mentre stavo a Mantova, che ci portasse la fidanzata («me lasci sempre senza parole»); anche se da lì dev'essere cominciata la mia disgrazia, la ragazzetta non era stupida e avrà trovato qualche indizio, magari andando a frugare («nun vojo che tocca gnente quanno semo qua, so' geloso pure de li soprammobbili») – di certo dopo m'è parso d'indovinare un raffreddamento, un accentuarsi voluto dell'aggressività economica, insomma un disagio.

Sì, t'ho raccontato una bugia, non è vero che le ultime foto gliele avevo scattate prima d'incontrarti: per tutto quell'inverno e primavera ho continuato a vederlo di tanto in tanto – la formula rituale, da parte sua, era «se fanno du' fotine» e comprendeva lo spogliarsi, l'esibizione sul letto, il mio scarso toccare («nun fà l'infame»), poi gli scatti maldestri, due chiacchiere e generalmente il saluto. Raramente seguiva l'invito in trattoria, la sua fiorentina che doveva per forza essere alta due dita e poco cotta, con mie ansie e ripetute istruzioni ai camerieri («oh nun strillà, che me vergogno»). Mi colmava soprattutto di divieti, ma (lo so che non è una giustificazione, lo so che è un'aggravante) quando squillava il campanello il battito del polso saliva a centotrenta, e con te non ha mai accelerato così, nemmeno i primi giorni.

Vacillavo in quello che adesso mi pare un conflitto ma che allora, essendoci dentro, mi pareva semplicemente un'andatura – con alterne accensioni e disgusti, tra l'odore del tuo cuore (carico di promesse) e il bisogno dei suoi glutei («scusa eh, li faggioli hanno espresso n'opinione»). Se avessi potuto insalivarlo e il resto – mimica da presepe meccanico, estasi concepite come soluzione finale.

I tuoi piedi e le mani troppo grandi, e il tuo cranio oversize, mi facevano pensare ai frammenti d'un colosso incompiuto, tenuti insieme da una pasta vetrosa ("tormalina" era la parola e non capivo perché, non so nemmeno che aspetto abbia, finché non mi resi conto che era l'anagramma di "normalità"). Ma il suo corpo era sferico come dovevano essere le sfere prima che esistesse una mente – nel suo corpo l'energia si ridivideva, tornando a essere massa più luce. Altro che un oggettino d'oro striminzito e impolverato, era l'intera riserva aurea di Fort Knox, il coagularsi dell'oro su una ferita per cancellarla all'istante. Travolto da un'attrazione sordomuta, «l'unghia del suo mignolo è più preziosa della pace in Bosnia» divagavo. Il suo contorno era una di quelle figurine da leccare, con la droga incollata dietro; il culo come certe lucertoline di bronzo sui portali delle chiese, diventate lucide a forza di sfregare.

Lo chiamavo il Bassetto Radioso, per dribblare il grottesco da oratorio del suo nome e cognome: Pietro Cantalamessa. Con un disinteresse nei confronti dell'adorazione (dovuto forse all'infima estrazione sociale) che esortava al risarcimento, e una consistenza così indefettibile da condannarmi a non poter più guardare gli altri jeans per strada. Ti giuro, non è stato un peccato contro il sesto comandamento ma contro il primo. Un terrapieno al posto delle spalle, dove per tutti c'è solo un displuvio, e un invito a stendersi sui pettorali come su due cumuli d'erba; la spossatezza successiva alle sue visite era il caldo che rimane nei cavi dopo che la corrente ci è passata a lungo. Non sto esaltandolo per farti dispetto ma per tener fede all'impegno di presentarmi senza schermi di fronte a te; a te oltretutto non piacerebbe, diresti «alto un metro e crosta» – uno e sessantaquattro, in effetti.

Abituato, credo, a non essere considerato bello nonostante la vita stretta da torero, tutt'al più succulento; la madre svegliava alle cinque quella meravigliosa carne astratta, trattandola semplicemente come un figlio. Ma un orgoglio quasi tecnico, e non solo rozzamente quantitativo, per la propria modellatura lo dimostrò, a pensarci bene, già all'uscita dal negozio, non so se per rialzare il prezzo: «proporzioni come queste a Roma nun ce le trovi». Se avesse capito o no, fin da allora, è il quesito che non ho mai voluto risolvere; quali fossero le mie nemmeno troppo recondite intenzioni, voglio dire, le motivazioni che mi spingevano verso di lui.

Dalla parte del no stava la placidità indolente del suo esporsi: gli depilavo i glutei e la zona prostatica perché da quelle parti non osava farsi depilare dall'allenatore («te sei n'amico» – e suppongo che per un ventitreenne della Magliana, che a quindici anni ha dovuto decidere se diventare un delinquente e ha scelto invece di sostenere con un doppio lavoro quasi tutta la famiglia, suppongo che, per uno così, "amico" sia una parola seria); siccome fino alle due lavorava per una società concessionaria della Telecom, arrampicato sui pali a riparare gli impianti, faceva il mio numero rubando la comunicazione direttamente dalle cassette, «nun te l'immagginavi che te penso, eh, hai visto che improvvisata?» – doppia gioia, quella dell'infrazione a mio beneficio e quella di pensare ecco, uno dei più bei corpi d'Italia e forse d'Europa racchiude una sequenza d'impulsi cerebrali che in questo istante si sono combinati per telefonarmi.

L'aiutavo per i campionati europei a migliorare la definizione, con la fierezza di chi sta partecipando al restauro d'un capolavoro – non mi sarei stupito se le spese mi fossero state detratte dalla dichiarazione dei redditi. Sognavo una fantascientifica operazione chirurgica che gli facesse uscire latte dai capezzoli; reagiva se i miei toccamenti si facevano arditi («te ciài l'occhi dappertutto»), ma tornava arrendevole quando invece m'aspettavo ribellione – per esempio se lo legavo con una catena, le mani sul dorso, per una posa kitsch («me sa che in un'antra vita ero schiavo, oh, se vede che ce so' portato»). Una volta sola, che stavo cercando di forzare, si rivoltò e insorse («come s'accenne sto cazzo de luce?»), ma sempre con una specie di riguardo, sempre riportando tutto ai cameratismi dell'amicizia («oramai me conosci mejo d'aa mi' regazza, qu'aa povera disgrazziata»). Mi confidava le preoccupazioni che a lei teneva nascoste («ce stanno a sfruttà, a Wàrtere, tocca strigne») – ancora stamane m'ha confessato le difficoltà economiche («so' pieno de buffi») in cui si trova da che ha mollato la Telecom per dedicarsi soltanto alla palestra.

Dalla parte del sì (che avesse capito l'ambaradan) stavano certi sospiri tipo che-tocca-fà-pe'-campà e le buche agli appuntamenti, spesso clamorose e ripetute, di cui non si prendeva la briga di scusarsi («ciò avuto dei probblemi, nun so' venuto manco da te, nun te ne sei accorto?» – maleducazione appena attenuata da una pallina d'inconscia civetteria); come se desse per scontato che dovevo perdonargli tutto a causa della mia perversione. Invece ormai avevo incontrato te e cominciavo a spazientirmi, non me la sentivo più di avallare in ginocchio i suoi capricci: di stare a idolatrare quegli ottanta chili di carne imperativa, siderale, fredda al tatto perché poco irrorata dai capillari. I deliziosi spasmi d'inferiorità si affiochivano, l'attrazione si perdeva man mano che con te il *mio* corpo si rimetteva in moto. Non ero più disposto ad accettare villanie, adesso che i daini visitavano la mia stanza tutte le sere per abbeverarsi.

A farmi accontentare di quel pochissimo che m'offriva, non bastava più la vecchia scusa che il mondo si sbriciolava di fronte a quel poco. Fin dall'inizio avrei dovuto ricorrere a una più franca brutalità commerciale; ma mi seduceva quel "se", quel solletico del proibito, quel finto furto, quel covato tremore dell'inespresso («m'oo dici o nun m'oo dici 'sto segreto, semo o nun semo amichi, perché nun m'oo vòi dì?» «perché pesa dieci tonnellate, non ce la faresti a sollevarlo neanche tu») – è stata esitazione dolosa, codardia travestita da delicatezza. Tu non l'avresti sopportato.

Così come avresti preteso, se te ne avessi parlato allora, che scegliessi tra te e lui. In una fase intermedia ho desiderato un ibrido, con i suoi pettorali e i suoi glutei trapiantati su di te, sotto il tuo viso magnifico, intorno alla tua anima. Un essere miracoloso che avesse la tua generosità e il suo fisico. Poi man mano, insensibilmente, il desiderio di telefonargli è diventato un'incombenza che rimandavo per pigrizia (anche perché ormai i soldi mi servivano per te, anzi per noi, per organizzare la nostra vita insieme). Non ti nascondo che anche stamane ho patito il suo influsso: le curve gli si sono fatte perfino più maestose, adesso che si sta preparando per i mondiali di Tokyo. Ma era come il campione d'un campionario, ho dovuto inventargli un regalo lì per lì e ho sacrificato il bronzetto di Ercole in lotta con Anteo, che non dev'essergli nemmeno piaciuto; m'è tornata in mente la vecchia mastite che gli ha reso insensibili i capezzoli. Ho l'impressione che sessualmente sia poco reattivo: forse l'imbottitura dei muscoli rende meno efficienti le terminazioni nervose.

Non è vero, sarei morto per lui. Se m'avesse detto di sì t'avrei liquidato in cinque minuti. Era sensazionale e tu me l'hai fatto perdere. Da quell'otto di giugno, la mia vita e il suo significato hanno preso strade diverse. Per rivendicare una dignità che non ha senso, t'ho sacrificato una frustrazione che m'esaltava. Ora me ne pento. Il mio dio mi deve entrare in bocca come un air-bag. A sette anni, in campagna, volevo sposare il sole: il sole era un mio servo e si metteva a culambrina per me. Poi, per paura d'essere mangiato, l'universo si tirò indietro, fece finta di non conoscermi. Allora misi a culo nudo i culturisti, che erano la negazione dell'universo.

7

Per Domenico, accompagnando due manubri

Eri leggero stanotte come un aereo
da turismo, le ali annodate indietro
(o come un aeroplanino di carta
per la mia voglia di sgualcirti);

e oggi al mare sullo schermo bianco
un gabbiano o uno scoglio (non sapevo
chi dei due fosse a dettare) m'hanno
messo di fronte l'abc dell'azione:

«goditi il velivolo presente
migliorandolo con addizioni future;
sogna senza rimorsi, sogna pure

ma ricordati che chi si attarda
a giudicare il profilo della fusoliera
rischia di restare a terra».

Con te sperimentavo un altro batticuore: quello di spostarmi per le strade di Roma sentendomi Nuvolari a bordo della mia Fiat Uno (comprata per i risorti bisogni, dopo che avevo smesso di guidare da anni e che la vecchia 126 l'avevo regalata a un ragazzo che ci dormiva dentro), trasportando frigoriferi e librerie, azzeccando raccordi a corso Francia senza farmi intimorire dalle bestemmie e dai cartelli, con lo stradario sul sedile, alternando gli occhiali da miope e quelli da presbite – accolto all'arrivo dal tuo sorriso a cui i bolidi ubbidiscono.

Tu quando vedi qualcosa che si muove non riesci a star fermo, devi seguire il ritmo; i tuoi movimenti sono sempre troppo ampi, se sbatti i tappeti i cuscini cadono dalla finestra da soli. Contagiato (e contro il parere di mio fratello) t'ho subito aperto le porte della mia vita pratica: t'ho permesso di strapazzare i miei orari, d'interferire nello stentato dialogo coi miei genitori – a obbligarmi era il fascino della terra che si spalanca sotto i piedi. Hai voluto che leggessi il romanzo d'una scrittrice serba dove la protagonista entra in un museo per una mostra di scultura: lì scopre una statua che raffigura sua madre, anzi una statua in cui sua madre, scultrice, ha rappresentato se stessa come una mitologica gigantessa di granito – lei allora s'avvicina, tocca il simulacro della madre odiata da sempre e sente la superficie della pietra intiepidirsi sotto le dita.

Se vedi passare un pullman, mettiamo per una strada di montagna, non puoi sapere se dentro si litiga o si canta; d'altra parte, se stai dentro e magari chiedi da bere a chi ti siede davanti, non puoi valutare la posizione del pullman rispetto alla salita. Per l'universo è lo stesso: se ti trattieni fuori a guardarlo non puoi sapere che si prova a viverci, ma se ne sei contenuto perdi il senso delle proporzioni e la bellezza rischia di confondersi con la circolazione sanguigna. Per noi esseri umani, fatti di tempo, progredire significa dimenticare: ma dimenticando non sai più verso che cosa valesse la pena di progredire e ti esponi al dileggio di chi osserva dai bordi della strada.

Insomma, ti ricordi quando da te a Vietri per fare il giovanotto sono scivolato zompando dall'uno all'altro dei dadi di cemento del molo e mi sono inzuppato pantaloni e camicia? Al solicello di febbraio, tremando nell'accappatoio mentre i vestiti si asciugavano, il congegno mi portava via (poi ci ha interrotto tua cugina che voleva i soldi per comprarsi una parrucca di nascosto dai genitori). Cercavo l'individualità ma l'erezione resta sempre un mistero. Steso di fianco a te, nel gioco di scambiarci il respiro, precipitavo in un'abiura da spaventare. I sentimenti sono idraulica non meno del sesso. Ancora sei mesi prima, a quarantanove anni compiuti, ero in fase di rendiconti e di bilanci – di colpo, a cinquanta, mi veniva voglia di stropicciarmi le mani saltellando e di dire «be', adesso che mi sono scaldato, cominciamo la partita?».

2 aprile '95

«Non ci credo, scusami ma non ci credo.»

«Me ne sono accorto, accidenti: quasi non l'hai salutato, eri imbarazzatissimo; non credi che ne sia innamorato?»

«Cos'è passato, un mese? Anche meno... col borgataro c'eri cascato come una pera, le chiappe come le lucertoline, l'eroismo degli esercizi, dicevi, sento che se mi lasciassi andare...»

«Dovrei attaccarmi alla canna del gas, se prendessi sul serio le cose di cui dichiaro d'essere convinto... e poi no, c'è chi pastura nell'erba grassa e chi è condannato ai licheni.»

«Secondo me non ci hai neanche provato, con quelli della Magliana volendo ci si mette sempre d'accordo.»

«Mi sono abituato a preferire le cose che non si precisano, per sopravvivere: basta con gli amori non corrisposti, fanno male alla salute.»

«Questa è un'altra questione, però ribadisco, dicevi il segnale è che ormai invece che ai muscoli penso ai suoi occhietti storti... la voce di quando t'esalti va' là che la conosco, e non erano balle.»

«Con Domenico è tutto diverso.»

«Appunto, ti faccio da memoria storica: per il culturista t'eri preso una scuffia, non dire di no, con questo è tutto diverso, tira tu le conclusioni...»

Chi mi parla così è uno scrittore quarantenne che a forza d'avere successo è diventato un uomo gradevole, solido e franco; mi rimprovera in nome dell'amicizia («scusami ma come amico mi toccava dirtelo»), sostiene che è per strizza di soffrire che mi sto riconvertendo a Mimmo, nel senso proprio di riconversione industriale quando picchia la crisi.

Bella scoperta. Critica anche il mio maglione rosso («l'allegria la metti tutta nel maglione, così dentro di te puoi stare come ti pare»); spero che gli si secchi la lingua, che il suo triangolo inguinale diventi una terra desolata. Lo ringrazio e faccio buon viso, non voglio insospettirlo – ma cercherò di non vederlo più d'ora in poi, di evitare le occasioni in cui potremmo incontrarci. Confidenza kaputt per quanto mi riguarda, ammesso che ci sia stata mai. Questo nuovo amore (perché tale è, anche se lui non ha la compiacenza di capirlo) crescerà meglio, concimato dal sangue di un'amicizia sacrificata.

«Giurami che finora non t'ha toccato nessuno»: roba da gatti fradici – invece funzionava e tu m'hai perfino risposto, «te lo giuro, nessun*o*», calcando sull'ultima *o*. Mio fratello, con la sua bella cultura smussata che ne fa uno strepitoso professore di liceo, cortina fumogena dietro la quale s'è nascosto da quella sera in cui (facendo parte del commando che gambizzò una guardia giurata della Siemens) riuscì a sottrarsi all'arresto nascondendosi nell'appartamento d'una puttana – mio fratello sosteneva che quella con te era la mia resa alla paternità, e aggiungeva «per te ha una vera venerazione» come per dire non maltrattarlo. Era già il periodo che ti stavo aiutando a disfarti dei tuoi mobili e traslocare a casa mia. «Volevo essere al centro della vita e con te ci sono» dicevi, «mio tòpolo»: io roditore promosso da una fiaba a fare l'autista.

L'abbaglio degli occhi neri s'era dissipato da un pezzo – ormai lo sapevo che sono marroni e somigliano al tabacco acceso nel fornello d'una pipa. È la guarnizione, come dice mia madre, cioè sono le ciglia lunghe e le sopracciglia foltissime che ti fanno una benda nera e favoriscono l'equivoco. «Occhi, occhi, quanti, anzi *quanto* occhi: dopo questa abbuffata di occhi, un'aiuola intera di occhi, non ne sentirò più la mancanza per tutta la vita.» Senza capire facevi «sì!» col pugno in alto e il walkman nelle orecchie.

La tua caratteristica fin da allora, ma in fondo anche adesso, è stata ed è l'instancabilità: «non si esaurisce mai, ma così senza pensarci che quando verrà la penuria non ne proverà dolore». La resistenza del bracciante e l'accanimento del neonato (come se l'adolescenza ti fosse rimasta debitrice).

«Mi piacerebbe continuare per vedere se alla fine dici basta», poi con gli altri fingendo di lamentarmi «è nato per l'amore: mi salta addosso continuamente, alla mia età ho bisogno di pause di recupero». Ho speso una fortuna in Beben e Ultraproct: i tessuti si usuravano per l'attrito, mi sembrava di strofinare una bottiglia di plastica contro uno spigolo, le mucose arrossate chiedevano pietà; era fastidioso davvero, al di là delle vanterie – ma uno di quei fastidi che visti adesso appartengono alla fanfara della primavera. Come quelle case dove si mangia sempre bene, non soltanto nei giorni di festa, e vien voglia di dire grazie, era veramente ottimo ma non ce ne sta più, quando ti offrono la terza porzione dello sformato coi porri. Impossibile rifiutare, perché non si rifiutano le cose buone, ma mi sentivo una banca con un giro d'affari troppo piccolo per la somma che volevi investire. E una notte su tre, d'improvviso, sogni taglienti e ribaltabili.

I gatti giocando incontrano la morte.
I mezzi pesanti incrociano i loro destini
nella festa dei tricicli.

Così scherzando procediamo noi
come se fosse cipria, ed è il cemento
d'un piacere mai prima conosciuto:

mutante, da non guardarlo in viso.
S'è sporcato di feci tutto il riso.
Mi sforzo di non legarlo ai ricatti

del simbolo: ma se fosse vero
che Dio non lo vuole
sarei con te, anche contro il paradiso.

In un cinema del quartiere Nomentano proiettano solo pellicole per ragazzi e l'ultimo spettacolo è alle cinque e mezza (credo che diventi un teatro, la sera); prendevo anch'io una fetta di crostata di visciole, o gli ovetti kinder e la liquirizia, fuori dalla vetrata il sole s'incrinava indorandosi, ed entravo coi pischelli di otto-nove anni per ascoltare la tua voce, camuffata ma sempre riconoscibile, che litigava con un coyote dispettoso o dava istruzioni ai giovani pirati su come arrivare al tesoro nascosto. C'era una serie italiana di episodi molto brevi, dove t'eri inventato la voce d'un cowboy fregnone che ripeteva sempre «mancato per un pelo».

Finita quella serie, la tua voce divenne rara. Anche dalle telefonate che ricevevi avevo cominciato a capire che il tuo lavoro era saltuario e malpagato; avevi mentito, e non sul lavoro soltanto; t'eri presentato ben integrato, brillante, sicuro, invece eri un free lance che veniva assunto con contratti a cottimo; senza titoli di studio e con all'attivo nient'altro che una gran faccia tosta. Una notte che tutto era corso via lubrificato e uscivamo dall'orgasmo carichi di scatoloni e di nastri, sei scoppiato a piangere balbettando «mi toglieranno anche questo» – come uno stupido m'è venuto da piangere di rimbalzo e allora tu a sorridermi tra le lacrime «sei così, tu sei così, lo sapevo». Se ti chiamava da Vietri qualcuno dei tuoi vecchi amici e voleva particolari di attrici e attori, se li conoscevi personalmente e com'erano, facevi lo scafato, l'introdotto («... la Falchi è dolcissima ma deve crescere, si farà, rosica perché la Koll è andata in prima serata col mitico Girone, che poi è uno molto alla mano, se non avesse quella cozza che si porta dietro... ho tre o quattro offerte, devo valutare, la cartomante seguita a dirmi che il novantasei sarà l'anno dei soldi, io intanto getto le mie reti...») – t'accarezzavo da dietro e mi godevo il profumo di quella mondanità immaginaria, di quelle belle donne millantate via cavo. "È un germoglio" pensavo, "e come tutta la sua razza vegetale conosce le esagerazioni della linfa."

I colleghi mi prendevano in giro in sala consigli («t'è partita la brocca»), ma sfido chiunque a reggere con tranquillità l'incontro con una simile capacità di donarsi, come se non ci fosse un limite. Quella stessa sensualità che t'aveva costretto a ritrarti dalla ruvidezza dell'ambiente, ne ero certo, t'avrebbe privato di qualunque difesa davanti al giardiniere giusto (ma ero io che mi peritavo, temendo che in una notte più rossa delle altre avresti accolto dentro di te un impossibile strumento, lasciandoti dilaniare). Il tuo esibizionismo è di superficie, plastico o (data la tua propensione per il movimento) cinematografico. Prove tecniche di bel tenebroso. Se mi scappava che per la fossetta sul mento e la curva virile del naso somigli a Cary Grant (ma gli occhi no, quelli sono una faccenda di datteri – occhi da moschea, da califfo o da odalisca), subito le tue amiche in coro «oddio non gli dire così che si spara le pose». A volte tornavi molto tardi ma non rinunciavi a preparare una frittata di quelle che si rivoltano al salto («il rischio è il mio mestiere»), e io già la vedevo spiaccicata sulle piastrelle della cucina; mi comunicavi en passant che l'indomani avremmo ospitato un tizio da Barletta, non possiamo mica mandarlo in albergo, allora potevi fare due turni venerdì e tenerti domani libero, oh, pure te me vuoi organizzà la vita, pure te rompi i coglioni? Cominciavamo a litigare mentre spegnevi il gas e ci baciavamo che la frittata era ancora calda. Ti commuovevi alle premiazioni, al Roland Garros vedendo la fidanzata di Kafelnikov («com'è carina, che bel momento dev'essere per lei»).

Altre volte entravi di furia perché dovevi ripartire per un turno dopo cena («saranno in tutto una decina d'anelli») – in bagno a lavarti la faccia con l'acqua fredda, spiegandomi i casini con l'amministratrice dell'Unidol («in realtà sono microcasini»), poi sul terrazzo a ritirare i panni e di nuovo in camera a fare le flessioni; quello del doppiatore è un mestiere che dà soprattutto male alle gambe (non alla gola, come pensavo), perché è un mestiere che si fa in piedi: eppure prima d'uscire, tàc, frustata all'arco lombare e su con la schiena viva, a regalarmi per abbondanza un *grand jeté*, o un *arabesque*, o un *tour en dehors* di quando studiavi a Napoli con una ex ballerina del San Carlo e a quell'imprinting si deve se il tuo classico sembra sempre una tarantella. Il meglio lo dai col flamenco, e col tango, che ti fa diventare più alto.

Se ci ripenso, alle immagini di due anni fa, mi sembra un gioco di figurine ritagliate. Tigri di carta che se cercano ancora di ruggire gli esce dalla bocca un miagolio. Nemmeno utili ricordi, hanno saputo diventare: solo stampe inacidite. Mi sistemavi i libri e baciavi la custodia dei miei occhiali. Ma di notte, almeno una volta ogni quindici giorni, annaspavi tra le coperte e come se la stanza fosse piena di gas ti buttavi verso la finestra scuotendola per aprirla – al mio spavento ti giustificavi, non sapevi neanche tu come spiegarlo, era una specie di sonnambulismo, forse sognavi la guerra.

8

Il dodici luglio sei tornato sbattendo la cartella sul tavolo e hai urlato «crede di farsi il bidè alla coscienza quella scorfana di merda perché porta i malati a Lourdes nella piscina, ci dovrebbe mettere la sua fregna fetente nella piscina a vedere se qualche pesce se l'incula»; poi con le labbra che ti tremavano m'hai chiesto scusa dello sfogo («quella m'intossica le giornate») e ti sei detto deciso a lasciare il lavoro; volevi prenderti un diploma, ero disposto ad aiutarti?

> Quando mi stringi tra le cosce
> il mio passato ritorna
> sui banchi di scuola; in quale
> città di lingua astrusa e neve
>
> m'insegni le aste? Conosce
> il tuo nudo emotivo, questo nord?
> Usami, mio meridionale
> colpo di reni, mia ultima parola.

Quando ero stato a Helsinki, invece d'infilarmi nei sotterranei a bere birra o peggio, m'ero goduto l'ottima cucina della figlia d'un presidente, salmone crudo all'aneto e ai chiodi di garofano, le sue chiacchiere e la complessa contabilità per la sistemazione dei quattro mariti defunti, tutti appartenenti a confessioni religiose diverse; e la chiesa luterana senza delirio di piaghe, l'adorazione decisa in assemblea. Seduto sulla scalinata neoclassica, fissavo il negozio d'articoli per sauna dove t'avrei comprato il pareo di spugna e seguivo il galoppo delle renne nelle foreste orchestrali, alta tecnologia digitalizzata; era facile vivere nella chiarezza. La sera stessa versai decilitri di sperma nei canali della teleselezione. («Sì, esco» m'avevi detto con la voce buffa di quando t'eri messo il cappello con le corna ramificate, «ma se tu non ci sei non c'è niente», e poi anche «io sono disposto a darti la vita, prendila»; espressioni ridicole, ma su frasi di questo tipo, pronunciate con fede, s'è basata la storia dei popoli per migliaia di anni.)

«Oggi ho lavato la macchina» m'avevi comunicato una sera, e il mondo s'era presentato gocciolante, fresco per andarci in gita («sei uno di quei pullmini che ha in dotazione la vita»). «Praticamente m'ha quasi stuprato», alle amiche per vantare le qualità seduttive del pareo; per me invece quella volta s'era segnalata come la prima in cui t'avevo chiamato "amore santo" – che è quasi l'opposto di "sacro", l'aggettivo che riservavo ai culturisti. L'intimità rimbombava contro le pareti dei miei gesti e mi lasciava intontito, aggrappato alla coda visibile del *modo* in cui tutto era cominciato a succedere. Del modo e dei tempi: era veramente un caso che tu fossi apparso mentre stavo congedando il mio libro, come se avessi avuto bisogno di svuotarmi per farti posto?

Insegnare a un albero la botanica
l'aerodinamica alle rondini: questo
farei, se pretendessi di spiegarti
le cose dell'amore. Tu diffondi

amore come se il campo dei numeri
fiorisse eternamente (anche il mio
due che trema di non essere sei).
Io che rido ai prodigi, tu docente

ti prendi gioco del mio acume, e presto
dovrò cedere al jazz, lasciarti
in mano tatto e vista. Io

scarsa guida per le vie di Parigi
tu imperscrutabile integralista
che sgoccioli miele da una manica.

Sentirti dire che Parigi è «affascinante», che lezione d'umiltà. Io che ho sempre viaggiato per smaltire, interpretato i luoghi per distruggerli nominandoli. Tu stavi lì, sulle antiche pietre, come c'erano stati quelli che le avevano innalzate secoli fa, con la loro voglia di brodo (o di sangue). Enrica l'ha ammesso subito, «è uno zucchero». Avevi scoperto che le cornici decorative sotto le finestre di Saint-Eustache formano dei cuori – pioveva, da Châtelet la Tour Eiffel s'indovinava appena come se qualcuno l'avesse sradicata lasciandone in cielo non più che l'impronta. Poi avevi visto la D e la W intrecciate sulla colonna e t'avevo raccontato di Medoro e m'ero incazzato perché t'eri permesso un accenno al «mantovano furioso». Tu viaggi perché hai appetito. Mi nascondi la bronchite e la febbre saltando sul letto per non privarmi del minimo briciolo d'euforia. Ami me, non te attraverso me. Quando t'infilo la supposta d'aspirina mi sorridi come facevano i pastori israeliti offrendo l'agnello più bello del gregge, sempre timorosi che Dio non lo volesse.

Il giorno dopo stavi già meglio e hai voluto andare a pattinare sull'esplanade della Défense; ma come posso sperare di pattinare con te, se non ce la faccio a superare la soglia (a smobilitare tanto da arrivare lassù) che mi separa dalla tua (è la seconda volta che mi viene da usare questa parola) dalla tua *anima*?

Le tue doti autentiche sono *irriferibili* per uno come me, quelle di cui riesco a riferire non mi sembrano autentiche doti: il tuo sorriso ci divide, non ci unisce.

9

La casa dei tuoi genitori è all'estremità del paese, dalla parte di Salerno, tant'è vero che dall'orto si possono vedere i moli coi containers (il paese intero, bellissimo lungo il versante che dà sulla costiera ma squallido nella colata di cemento che affaccia verso il porto, ti riassume e ti somiglia più di quanto immagini) – dalla piazzetta della dogana, inversamente, si vede la tua casa che sporge, rosa, su uno sprone. L'orto scende a terrazze fino a un muretto che strapiomba sulla strada e in cui sono ricavati dei gradini; di lì in poche curve s'arriva alla punta dove stanno gli alberghi e la spiaggetta coi faraglioni detti "i fratelli". Se dalla casa si guarda verso l'alto, subito incombe la cupola del duomo rivestita di mattonelle gialle e blu, ma adesso di impalcature e di reticella verde per via dei restauri. Mi scrutavi a controllare l'effetto, intuendo che quel che a te piaceva a me sarebbe spiaciuto e viceversa; gli infissi pesanti e i davanzali di marmo, vostro orgoglio, li hai rinnegati ammettendo che non erano di buon gusto; l'orto invece, sul cui disordine s'arrovellava tuo padre, hai contato (e giustamente) che mi facesse colpo per il groviglio, il rigoglio – una decina d'aranci e di limoni, due nespoli, un noce, e cavoli e cardi, e foglie d'acanto che scivolano a cascata da una terrazza all'altra coprendo i graticci tra le zucche – e le arnie e gli attrezzi arrugginiti impigliati nelle reti per raccogliere le olive e giù verso la strada perfino una palma, piegata a balestra, che va a confondersi con gli eucalipti dell'hotel *Bristol*. Alle otto di mattina tua madre aveva già finito d'annaffiare e ti chiamava, Menicù – «è tanto che non mi vede, devo fare un po' di servizi con lei». Appena ti negano il boccone migliore, subito s'adombra. Dell'altro figlio maschio, quello maggiore morto di pleurite, parlava fitto fitto in un dialetto che stentavo a capire («mo' r'intelligente ce stanno pure 'e bbombe, 'e ciucce ce so' rimasta sul 'i'»). Le tue cinque sorelle andavano e venivano, familiari come suppellettili, senza distinzione tra le sposate e le nubili; hanno gli occhi fondi caramellati come i tuoi, ma senza la preziosità del taglio.

Questa storia del taglio, tua madre m'ha raccontato com'è andata: quando avevi tre anni lei t'ha lasciato solo, tu hai cominciato a trattenere il fiato e a urlare come un folle e a dare la testa nel muro, insomma per la tensione e lo shock è successo qualcosa ai tiranti del muscolo, così un bulbo oculare ti si è completamente ribaltato in dentro, si vedeva solo il bianco – hanno dovuto operarti a tutti e due, estrarli, rigirare il muscolo e rimetterli in sede; probabilmente col bisturi t'hanno deformato all'ingiù l'angolo esterno delle palpebre. Con ancora addosso le bende sei sfuggito agli infermieri e volevi uscire a tutti i costi, «curreva, curreva, cecatiello cumm'era, e iastemmava cazzo cazzo». L'episodio non spiega tutto però: non sono soltanto le palpebre, è proprio l'osso dello zigomo che è molto inclinato – «a un ragazzo di mare, dagli occhi così strani | che non trova le lenti che si adattino». Con la maglia a strisce orizzontali bianche e rosse, e i pantaloni al polpaccio, sembravi Antonio Cifariello nei film degli anni Cinquanta. La madre dalla sarta d'accordo, ma anche le commissioni per la zia, e i pagamenti per il cognato e il rastrello del vicino – in paese conosci tutti e tutti ti conoscono. Ti ricordano guaglione, e l'immagine di te generoso nel donarti mi si mutava tra le mani in quella d'un ragazzetto abituato a dire di sì per timidezza, per facilità d'uso.

Col cibo che si mangia a casa tua in ventiquattr'ore i miei ci camperebbero una settimana: salami e pomodori sott'olio già a colazione, e montagne di sugo di melanzane a pranzo, e polpi affogati e una mormora fresca fresca a cena, con friarielli e formaggio filante, ed era già molto se riuscivo a evitare la merenda. Con l'ossessione dell'accumulo di prodotti primari, sacchi e plateaux e mucchi di verdura e cereali accatastati in garage o sulla spianata del tetto, dove m'era parso che ci fosse una barca ad asciugare e invece era una stranissima macchina per chiudere le scatole di latta («'e buatte»). Tu a friggere, a farcire, a impanare, col grembiule legato in vita per non smentire la fama di quando a quindici anni facevi l'assistente d'uno chef. Il pranzo mai prima delle due e la cena sempre più sbilanciata verso le dieci, i crampi materializzavano le riluttanze del forestiero. Che mi sarei sentito in prigione avresti dovuto capirlo, quindici giorni sono lunghi.

E poi stare attento a non fissarti troppo da vicino, a non lasciar trasparire dolcezza o peggio attrazione; a non sfiorarti un ginocchio sotto la tavola; a non rivelare con un'incauta precisazione che un certo viaggio l'avevamo fatto insieme. Dormivamo in camere contigue ma mai che tu scivolassi nella mia quando tutti erano a letto – rischio zero, quindi paura a mille. Puro terrore.

«Tua madre non capirebbe nemmeno se ci vedesse uno sopra l'altro, perché per lei non esiste proprio il concetto.»

«Non parlare quando non sai, topo.»

«T'o ddico zitto zitto zitto, ca si allucco 'a ggente ca nun sape niente pò sentì»: la vecchia canzonetta me la sussurravi all'orecchio e la clandestinità era gradevole; il corteggiamento furtivo per un po' va bene, aggiunge un aroma d'acerbo, come quando ti telefonavo in doppiaggio e alla domanda «mi vuoi bene?» rispondevi «confermato». Ma dopo una settimana m'era montata l'irritazione, chi sono io per questa famiglia gentile, com'è che noi siamo diventati amici avendo tanti anni di differenza, perché ci siamo conosciuti, sono un vecchio potente che può procurarti un posto, sono un vecchio scroccone che vuol farsi un po' di mare gratis? Anche a Roma avevi bisogno di donne dello schermo, ho detto vabbe' è il solito pusillanime che vuole tenersi aperta la ritirata, sempre pronta la normalità di riserva per quando servirà, ma adesso mi spieghi perché a questa Sonia devo farle le feste, perché è continuamente tra le palle con la scusa che eravate fidanzati, che s'è affezionata ai tuoi, e poi le piaci ancora è chiarissimo, perché al mare lei ti può mettere le mani sullo slip? Guarda che hai ventisette anni mica diciotto; che significa non puoi dirle di no, sta' attento com'è facile, si mette la lingua in avanti contro gli alveoli dei denti, si abbassa il velopendulo per fare uscire un po' d'aria dal naso, s'arrotondano le labbra e si tira giù la lingua di scatto, così, prova: nnnno! Ormai in camera è meglio se non ci vieni perché in questo momento neanch'io avrei voglia di toccarti: da quando siamo qui mi sembri diventato più brutto.

Quella notte apristi la mia porta alle tre e ho bevuto salato da due zone distinte del tuo corpo; che io ero più importante di tutta la tua famiglia messa insieme e che eri disposto a ripudiarla. È così che si perde la lucidità di giudizio: le onde tornano ogni volta alla battigia perché dimenticano l'umiliazione della fisica.

Ora lo so perché non si scoraggiano
i popoli rivieraschi: perché il mare
si profonde in un lusso di perdoni.

Così per me, se posso ritrovare
il tuo flusso, se dalle depressioni
torni a premere contro la mia spiaggia.

Gli ultimi giorni furono più soddisfacenti: le nuotate e le riparazioni alla staccionata t'avevano combinato due piccoli incavi nei pettorali che erano tutto un programma – se giocavi con Lucky sulla sabbia, non si capiva chi dei due fosse il cane. Quando sei pronto per l'amore, nei tuoi corpi cavernosi si sente proprio il rumore come dentro uno stelo di dalia in cui la linfa venga pressata a forza, come il frizzare di mini-condotti che si riempiono; un fenomeno fisiologico che non ho mai constatato in altri e che per me è diventato il segno della tua missione terrestre. Il sesso ha tre stati molecolari come l'acqua, solido liquido e gassoso; quello gassoso erano le volate in vespa tra le piantagioni di tabacco dell'interno («sono una scheggia», e io incartavo la fifa nel bomber che il vento ti gonfiava sulla schiena). Facevi lo stupido staccando le mani e andando a zig-zag, finché non m'incazzavo di brutto – come i bambini che finché non urli e gli dai una manata continuano a rompere i coglioni; così, perché la vita non gli basta e ne vogliono di più. Quantità pura (per rabbonirmi m'accarezzavi la pancia e dicevi «sei come una sfogliatella di Caflìsch, mi gradìsc, mi gradìsc»).

Da piccolo guidavi spedizioni di pirati, m'ha raccontato tuo padre («s'arrampicai sul tetto del campanile, in cui fu molto sgridato»); anche al porto ti sei lanciato in un gioco pericoloso, certo più azzardato per te delle frenate sul ghiaino: c'erano i tuoi cognati, stavate scaricando delle casse dai containers. Per scusarsi di alcuni lavori in corso, il comune (nuovo trend pidiessino) aveva scritto in bianco su un cartello blu "stiamo lavorando per voi"; mi facevi smorfie che non capivo, finché m'accorsi che le tue casse le avevi impilate in modo da nascondere la scritta, tranne la parte finale della prima parola che diceva "tiamo" – una dichiarazione in piena regola lì, invisibile e sotto gli occhi di tutti.

Ci si ferisce molto nella tua famiglia: tuo fratello s'inchiodò la mano su una tavoletta, tua madre aveva usato il burro per lucidare una soglia e poi ci scivolò sopra rompendosi il femore; «femmene ciucce e crape teneno 'a stessa capa» brontola tuo padre, ma anche lui s'è fottuto un tendine dell'avambraccio quella volta che il compare gli affidò un cucciolo di leopardo da custodire per l'estate nel pollaio. Sotto il bersò mi divertivo ad ascoltare le sue storie: sul paesano che era stato prelevato nella villa blindata direttamente da un elicottero, sull'altro che nascondeva i fucili nelle ceste sotto i meloni, su quello che chiama "vaccinazione" il pizzo e "fette di mortadella" i biglietti da centomila – tu cambiavi discorso, non apprezzavi il tasso di favolosità e temevi che mi formassi una brutta opinione. Ero affascinato dalla doppia vista: tuo padre va in piazza e legge (dall'atteggiamento, dal vestito, da chi saluta chi) un intero capitolo dove io non vedo che uomini seduti; forse perfino tua madre, a giudicare dalle poche frasi lasciate cadere tornando dal mercato – le brontolava sistemando il letto (dove mi spiegasti che lei non dormiva, lei dormiva per terra su una stuoia a causa del caldo), poi spolverava la foto di tuo fratello sul comò accanto al carretto di ceramica trainato dal somarello verde.

In te che te ne sei andato a Roma («sempe fujenno se ne va, chillu figlio mio, quanno 'o facette c'era fà 'e scelle, no i pière») la doppia vista è diventata una specie di schizofrenia, uno stato perenne d'allarme tra ciò che sei e ciò che il paese deve credere che tu sia. Esibisci inesistenti frequentazioni romane con una temerarietà che m'attira e mi spaventa; al giovane imprenditore fidanzato di tua sorella, italoforzista vivace («i' nun songo omm'e cultura, io sono uomo di soldi»), hai promesso l'interessamento del ministro Bersani e dio sa come faremo a ottenerlo. L'insicurezza ti divora: non è colpa mia se da quelle parti i monti sono così incombenti, disordinati e ripidi da dare la claustrofobia; ho osato confessare una preferenza per gli orizzonti piatti e subito m'hai risposto «se hai voglia di tornare a Mantova dillo papale, vài vài, così ciavrai pure la vita, piatta». Il mare, il vostro mare onnipresente, invisibile e viscido oltre la finestra – la pulsazione da cui tutti discendiamo e che solo di notte o di domenica si riesce ancora a sentire.

10

Non posso crederci che fossero la mia medicina, le cose per cui ora ti disprezzo.

Di colpo lo so che la catastrofe
è prossima, e ora qui di sicuro
il cuore si fermerà, in punizione

delle mie troppe bugie (la dolce
ammuìna, flagrante
simulazione di reato): un ictus
la conclusione è quella.

Poi giro gli occhi e dal loggiato
aereo del ficus rampicante
immaturo ti spenzoli – spari
acrobazie in tralice, a sgaro
di gravità, sventoli evviva, sfidi
la nostra stella a cadere dall'albero –
mi gridi felice: «topastro...».

La qualità che vorrei restituire, dell'estate scorsa, è la leggerezza; l'empito che spreme le lacrime all'atleta sul podio, il refolo teso che sostiene il giavellotto e lo fa cadere oltre il segno del record. «Non sei più sciamannato, che è successo?» coglionavano gli amici, «Si vede che hai qualcuno a casa che ti combina i colori.» Anche all'università, i contrattempi che prima m'irritavano li risolvevo col buonumore («beato chi ti vive accanto»): già essere vicepreside mi pareva abbastanza comico. Quel che definisce la gioia non è l'entità del possedimento ma la voglia rinata di desiderare. Accarezzavo le maniglie dei portoni, sorridevo all'insegna del vapoforno; la ventilazione aveva a che fare, sì, con le lenzuola ma non con quelle soltanto. Ti guardavo dormire se mi svegliava un antifurto («i glutei | insonnoliti che scartano | dalla mia parte del letto | hanno un tiepido sussulto») e provavo per te la gratitudine che Cristo deve aver provato per Lazzaro.

L'estate me la ricordo tutta felice nonostante gli incidenti: a metà luglio restai bloccato con la schiena, un'ernia del disco che mi servì a patentarti infermiere – ti pareva ovvio, dato che io ero immobilizzato, non uscire di casa neanche tu. Le fitte più bestiali possono non avere niente a che fare col dolore, certi santi ridevano mentre li arrostivano nella fornace. Quando veniva il medico e provava a farmi alzare le gambe, anche tu senz'accorgertene tiravi una gamba indietro, per aiutarmi. Dicevi sto sveglio se hai bisogno, ma t'addormentavi come un masso e per punirti andavi a mettere la testa sotto il rubinetto, tornavi a letto coi capelli bagnati.

Poi mi consigliarono il nuoto e siamo partiti per il Conero: i culturisti passavano e ripassavano davanti al mio montarozzo, con gli orologi giganti e i tanga ridottissimi. Mi guardavi guardare, temevi il richiamo della foresta ma a torto – c'era un'accidia annidata nel turgore: esigevano il loro worship come al solito e che l'ammiratore stesse immobile. Una postura apparentemente adattissima a me, fresco minorato. E invece le vele che incrociavano sullo sfondo esibivano al sole una fiducia che m'attraeva di più: i loro bianchi virginali, i loro gialli intraprendenti e ventosi erano quelli che avrei voluto inseguire – delle vecchie scosse ondulatorie e sussultorie ricordavo soltanto che, all'origine, non dovevano essere come ora mi pareva di ricordare. *Loro veri, tu reale.* In un attacco di sicurezza ti feci leggere la quartina («se quello splendido paio | di cosce che abbiamo visto in corriera | ci facesse compagnia questa sera | sei sicuro che sarebbe un guaio?»).

«Tu credi che io sia così?»

«Era uno scherzo, dài.»

«Io voglio dedicarmi a te.»

«Devo sapere che libro sei, per accettare la dedica.»

«No, il nostro è un amore impossibile.»

«Cos'è, hai paura del confronto?»

«Le porcherie non mi interessano, ma non mi va che mi tratti come un deficiente.»

«Cioè?»

«Non rispetti le mie idee: il libro, la dedica...»

«Volevo solo dire che non ti conosco abbastanza, muso di dromedario.»

«No, volevi dire che *io* non mi conosco.»

La sabbia ricopriva il malumore: ti scrollavi l'intuizione di dosso attribuendo il passo falso alla mia stravaganza, che accettavi e quasi rivendicavi tra tenerezza e orgoglio («hai la testa a trinciapollo») – io sorvegliavo il trasformarsi chimico della mia ossessione in fedeltà, con spezzoni d'incongruenza come se ogni volta assistessi a una levitazione, a un miracolo («quando | la lesta orografia | mi sottoponi al mattino | ah, la mia leva stia | al caldo del tuo abitacolo»). I tuoi giunti forti, polsi e caviglie, sopportavano imbottiture non tue; facevo l'amore coi culturisti a loro insaputa attraverso di te, eri tu che me li regalavi.

Anche se compivo tutti quegli atti che sommati insieme vengono comunemente definiti "lavoro", mi trovavo al centro di un'enorme vacanza e non volevo turbarla, come se intuissi che stava per finire. Tu avevi più libertà del solito: la diminuzione delle fiction in Rai, il magazzino Fininvest ormai traboccante di titoli e la moda dei talk show avevano provocato una crisi generale tra le società di doppiaggio – ovviamente i primi a risentirne erano i free lance, e segnatamente quelli che con il loro cattivo carattere avevano creato dei problemi. (Del progetto di sfruttare la parziale disoccupazione per prendere una maturità da privatista, e delle altalene che il progetto ha subìto, preferisco non parlare adesso perché ci siamo dentro: tra una settimana iniziano gli scritti e queste mie pagine non potrò fartele leggere finché lo stress non sarà riassorbito, anzi se potrò fartele leggere o no dipenderà in parte dai risultati dell'esame – ho tempo quindi per raccontare adagio, e per vedere se ripercorrendo i dettagli posso tentare di fare l'unica cosa che importa davvero, cioè *capire.*) Forse in quello stato di grazia mi sarei innamorato comunque: mi bevevo le giornate di sereno una dopo l'altra, come uno scolaro che rimanda i compiti.

Pochi sbiaditi colori, anzi
uno solo, il colore dell'*invece*
nell'adolescenza e da adulto:

ora, in vecchiaia, minacciando insulto
al tuo fitto falò, farfalle
buganvillea, e gialli più ultrarossi

del blu, e bianchi da corrida –
le frequenze del possesso.

Dammi il plesso solare, portami
sulla groppa dei tuoi mille fotoni:
non ho paura del nero finale.

Se ti capitava un incarico era in condizioni d'emergenza: la segretaria che telefonava all'ultimo minuto, un appalto imprevisto o un ruolo ingrato a cui, data la stagione, tutti si sottraevano («c'è un cetriolo che vola») – ti sfinivi al tuo solito modo eccessivo, quattordici ore consecutive senza rispetto per sabati e domeniche, tornavi preoccupato che non ti fosse rimasta abbastanza energia («quel che resta di me»).

Ti lamentavi che passavamo poco tempo insieme, io non ero così obnubilato da non intuire che il poco tempo era invece la nostra salvezza, perché ci impediva di arrivare troppo presto alla fine. Adesso, anche se non vuoi ammetterlo, sei tu che cerchi incarichi sempre più lontani per farla durare al massimo, quella scarsa provvista d'amore che ci resta. Ma siamo agli sgoccioli. Anzi, se voglio conservare qualche ambizione per il futuro devo trovare il coraggio di dirti che il tempo che passo con te, ormai, mi sembra di sprecarlo.

L'ardore e la dedizione sono fisici quanto le linee del corpo, ed è illusorio voler separare un disegno snello di scapole (o un profilo da medaglia e da scugnizzo) da un'energia che non cessa di versarsi. Una nozione, questa, che molte ragazze sedicenni possiedono per istinto – ma non è detto che chi arriva tardi sulle cose sia quello che le afferra peggio: come i migliori descrittori dei luoghi non sono gli autoctoni ma i viaggiatori occasionali, che sono capaci di stupirsi e non hanno i sensi logorati dall'abitudine.

20 agosto '95

Non so nemmeno come raccontarlo, talmente è stato veloce. Tornavamo da Pagani, dove Mimmo era corso a tranquillizzare la cugina (durante una perquisizione nella villa d'un latitante era stata trovata la parrucca che lei aveva prestato a un'amica) – tornando, ha insistito che ci fermassimo a Salerno. Due vicoli svoltati, un marciapiede incrostato di fango già nel ventre del quartiere vecchio, una scala ad archi con vista sul duomo e la stanza coloratissima e i ragazzi. Rossicci con la faccia un po' camusa, un sorriso vagamente down ma invitante, già nudi e in erezione, membra corte e sporche e atletiche; Mimmo che li bacia sbrigativo e va verso la cucina dicendo «che, Giorgio è un tipo geloso?». Io cominciavo appena a eccitarmi («ueh, marenaro»), ho scambiato anch'io due bacetti sulle labbra ma lui «iammuncenne, va» e m'ha trascinato all'aperto. Non sono riuscito a strappargli nient'altro, dopo, che «io agisco d'impulso» e «m'è venuto così e basta». Più che viverlo ne sono rimasto ustionato.

«Devo volergli bene, molto bene | molto libere devono essere le notti | se entro ed esco come dal fornaio | da questi scotti di realtà.» La benevolenza che il mondo riserva ai novizi dava gli ultimi lampi; ti spiegavo che il demiurgo d'estate va in ferie anche lui e che in quel periodo la bellezza non è velenosa. «Non lasciarmi mai senza le tue parole» rispondevi, cioè in traduzione luciferina: «qui se non ci aggrappiamo alle parole è un disastro». Ma nel sonno avvicinavi il tuo cuscino al mio, mi stringevi una spalla e dicevi «no» – se mi storcevo per divincolarmi, rinforzavi l'abbraccio continuando a dormire. Non fategli del male, pregavo, sono pronto a scendere in piazza per difenderlo; s'è anche rasato i peli per piacermi di più, perdonatelo è il mio amore, a guardarlo vien voglia di non fargli perdere l'allegria, mai, in nessuna circostanza. Al campeggio ho toccato i tronchetti delle sue feci senza provarne ripugnanza. Quell'estate fu anche segnata dall'acuta percezione che stiamo tutti correndo all'indietro.

11

8 settembre '95

Non ce la faccio, non ce la faccio più a tenere distinte le due storie. Finora mi sono comportato come se una appartenesse al vivere, l'altra all'allegoria; come se fosse la fioritura, toccata a me in eredità, d'un crimine astratto. Fiore rosso, se tutti i polsi sono uguali tanto strazio è ridicolo. Se avessi concesso a quel crimine, anzi a quella vittima, la possibilità d'essere efficace, il tanto vantato mutamento sarebbe esploso in brandelli come un rospo che salta su una mina. Per questo ho sempre cercato di tenerne fuori Domenico, riducendo al minimo le interferenze. Ora però l'angoscia che Amedeo si faccia male sul serio è troppo forte.

Muore, ed è colpa mia.
Non voglio pensarci, faccio
come le grandi nazioni.

C'è la storiella, raccontata da Freud, della baronessa partoriente che grida «mon Dieu, que je souffre!» e il marito si agita ma il dottore dice tranquillo non è ancora arrivato il momento – poi la baronessa grida «ah quelle douleur!» e il dottore continua a giocare a carte – solo quando dall'altra stanza arriva un «ahuahugh» gutturale e privo di classe, il medico scatta in piedi. Così finché Amedeo m'insultava al telefono (e mi diceva «grazie» prima di riattaccare), finché malediceva o singhiozzava o minacciava non mi sono mai preoccupato davvero. Mi dilaniava, questo sì: assistere al suo dolore m'era insopportabile, ma proprio perciò nei miei nervi il dolore si riduceva. Lo stesso imbarazzo e disgusto (e pudore) di quel ferirci reciproco lo sigillava in una sfera senza risonanze. Io, che di quel dolore ero la causa, lo consideravo poco più d'una calamità naturale – lo detestavo come si detesta il fiume che straripando ti costringe a sloggiare da casa tua. Ma gliene riconoscevo il diritto, una diserzione è una diserzione e dieci anni sono dieci anni. Mi faceva così pena che sarei tornato con lui, con quell'essere che si stava rivelando odioso, e ringraziavo la nuova congiuntura che m'aiutava a resistere; «anche se con Mimmo finirà presto» pensavo, «sarà stata una tappa necessaria per riconquistare la solitudine.» Il nuovo rapporto insensibilmente smetteva d'essere soltanto oro e cielo e s'infiltrava nelle zone buie, che sono poi quelle profonde; gli abbandonati non dovrebbero mai fare scene perché consolidano ciò che li esclude.

Il mio plot secondario e segreto, il mio preterito e presago fallimento. Le fasi sembravano seguire un'evoluzione standard: prima la freddezza provocatoria dell'orgoglio ferito (incontrare i suoi colleghi a un congresso di cardiologia e all'innocua domanda «come stai?» rispondere aggressivamente «ti comunico che il mio amico m'ha lasciato per mettersi con un tizio più giovane e più bello di me»); poi immaginare amplessi alle tre di notte e urlare nella cornetta «quanto ce l'ha lungo, eh, eh stronzo, chiava bene? uh come te lo sta mettendo, senti senti» – per pentirsi il giorno dopo e giocare la carta della ragionevolezza («se vogliamo essere sinceri tra noi l'attrazione non c'era già più, quella che per me è difficile da bypassare è l'offesa, mi sento tradito e umiliato ma quanto al sesso mi sei indifferente al mille per mille» – smentito dall'ansimare anzi da un fenomeno ancora più fastidioso, il rapido prender fiato prima di pronunciare ciascuna parola); salvo cercare ancora la zuffa («se ti dico che sei grande, che sei tutto, tu ci credi eh, povero mentecatto?») e sul finale ritrattare le ritrattazioni («intanto io non ti tormento, non andare a dire che ti tormento perché ti rivolgo delle banali domande a scopo conoscitivo»). Insomma tutta la fenomenologia, comprese le preghiere d'intercessione ad amici e congiunti («a me lo squillo a quell'ora mi dà i brividi» si lamentava mia cognata); con una parentesi quasi grottesca, lui mantovano che falsava la voce dentro un fazzoletto e lasciava in segreteria avvertimenti mafiosi in un improbabilissimo accento catanese: «stai attentu, ah, pezzo 'e medda, vidi ca fari si vuò campari, ah, attentissimu stai».

Quando salivo a Mantova lo trovavo scattante, profumato, mi portava ai vernissages per farmi pesare la mancanza di gusto di Domenico, pianificava riconquiste («un capitale accumulato, un bene comune, non puoi disperderlo decidendo da solo») che finivano in rinfacci interminabili – esausto, reo confesso, mi chiudevo a chiave nella stanza degli ospiti, terrorizzato che potesse entrare con un bisturi mentre dormivo. Vilmente gli facevo credere che l'accaduto fosse reversibile:

«Avevo bisogno d'un break.»

«Sei innamorato di lui?»

«Diciamo che s'è messo sulla traiettoria.»

«Per compensare un handicap, ti credi che basti la normalità?»

«Perché non fai il medico senza frontiere, allora?»

«Anche solo pensarci a un corpo spogliato, adesso, mi fa schifo.»

«Tu almeno hai un linguaggio, lui ha solo una bocca.»

«Bella?»

«Bellissima, e degli occhi straordinariamente luminosi.»

«Ma quando finiranno di luminare, che succede?»

«Appenderò il corpo al chiodo e non credo che scoppieranno tragedie: lui è un istintivo, feroce ma dimentica facilmente, certe volte mi sembra d'avere un cane.»

Con Mimmo un po' minimizzavo un po' amplificavo: esageravo per esempio la ricchezza e la riuscita professionale di Amedeo, ma in compenso glielo dipingevo come un pazzo squilibrato di cui sarei stato lieto di liberarmi: senza calcare la mano però, per non provocare un intervento risolutore del tipo «lo metto a posto io», che m'avrebbe rovinato il gioco. Ho giocato, sì. Il duello a distanza tra i due mi lusingava.

Il gioco che ho fatto con Amedeo, per dieci anni, è stato quello di presentargli uno specchio che gli restituiva un'immagine migliorata di sé: dove lui deponeva il rimpianto dei talenti non investiti, la sua vocazione d'artista sacrificata al padre che lo voleva cardiologo e l'illusione che quei talenti potessero risorgere snobbando la propria specializzazione e recitando l'immoralismo. Per fatuità gli ho tolto quello specchio di fatuità: ora se ne va in giro tentando di proiettare la propria immagine su chiunque e nessuno gliela restituisce.

Che qualcosa nel decorso non funzionasse, che il dramma non procedesse più secondo copione, ho cominciato a sospettarlo un mese fa – nello stesso momento ho cominciato a temere che la melma, tracimando dall'assito della cantina, potesse turbare l'idillio che stavo vivendo al piano superiore. Non erano più i soliti progetti di suicidio, le precisazioni sul come e sul dove delle vene da incidere – qualcosa stava accadendo alle ghiandole del linguaggio.

«È giusto, è oltremodo equo che tu partisca con lui pane e burro, belgicamente, tu sei perfetto come sempre ohibò, al tuo amichetto sarebbe vano elevare richiesta di scuse, formale, il ranno dell'asino si perde col sapone; mi prosterno ai vostri calcagni, lucertola, mi professo vostro anfitrione se Mantova vi attira in culo al gatto.»

Come se recitasse una tirata goliardica, ma senza ironia; si destruttura, si sloga pezzo a pezzo – risponde a ogni mia piccola cortesia come se gli facessi un favore eccelso: perché eravamo stati insieme a mangiare il cocomero, voleva regalarmi a tutti i costi una natura morta bolognese del Seicento. Non è più lui, ha perso il rispetto di sé. Trascura i turni in ospedale, il consiglio l'ha pregato di prendersi un periodo di riposo («la sala operatoria è un alto luogo dove si menano balle fenomenali, un'oasi naturalistica di giraffe preoccupose, e quantunque non è vero un cazzo»). Era piovuto, ha steso per terra la sua giacca di pelle perché non mi sporcassi le scarpe, io ovviamente non ci sono salito e lui ha appallottolato la giacca e l'ha buttata nel fiume. All'ora del passeggio, conosciuto com'è, il professor Argentini. Tutte le aggressioni gli arrivano dall'esterno, non riconosce più in sé i gangli della violenza.

«I girini già storpi, pensa che profezia; girare in tondo si divide, tra perdonare a se stessi; di te mi servivano i sobborghi.»

Lo psicoterapeuta ha pronunciato la parola che temevo, "borderline". I lutti si elaborano ma questo di Amedeo non è un lutto, evidentemente, è un deserto di luce da cui non può tornare. Al telefono ormai sembra un domestico, posso offrirti questo, gradisci quell'altro.

«L'alito delle città dove, se il figlietto della fortuna io più non ci posso deambulare, spegni spegni anche a Pechino.»

Il suo posto quotidiano nel mondo è stato occupato da un altro? Ebbene lui, coerentemente, rifiuta la quotidianità. Sorride e dimagrisce, non m'insulta più, è sempre là che aspetta («il cavallo a forza d'aspettare è diventato una ramazza»). Non ha più orari, dorme a mezzogiorno e fa esercizi per gli addominali alle due di notte; ha perso anche l'ipocondria, va a cercare apposta i tossici malati di Aids e li spompina senza precauzioni. Gli ho visto sul comodino La solitudine felice *di Françoise Dolto («la morte dell'anguilla o l'anguilla della morte, chissà»).*

Sono passati otto mesi da quando gli ho annunciato la separazione, non è ragionevole, non è umano. Non s'è mai vista una sindrome da abbandono che col tempo cresce invece di diminuire: come se la coscienza del dolore, per affinarsi e maturare, avesse dovuto rapprendersi in un feto e adesso che la gestazione è quasi compiuta non accettasse altri inquilini. Ostinandosi a saltare i pasti gli si sono scavate le guance e sembra più calvo. Poi di colpo s'abboffa di tortelli di zucca e vomita: «Nella mia gola ci devi stare solo tu».

Ha rotto una ceramica déco perché rappresentava un pescatore. Queste conseguenze sono troppo ruvide per me, non posso avere sulla coscienza una salute mentale. «Non devo cadere» mi dico «nell'errore di credere che chi sta vivendo adesso la felicità sia più superficiale di chi sta già vivendo il disastro» – eppure non posso sottrarmi all'impressione d'una specie d'autorità morale di Amedeo proprio adesso che straparla: è lui il testimone residuo d'un sinedrio di teoremi da cui non mi sono mai svincolato del tutto. Forse quel che provo per Mimmo è soltanto la caricatura d'un amore; non per niente è cominciata all'insegna del fumetto. È vero, più insisto nella mimica della felicità, più m'allontano dal centro («tra noi c'era una sofferenza colossale che né biblioteca né lavatrice... altro che niente; pònzaci pònzaci pollicino, con lui provi solo benessere») – mi stanno saltando i nervi, non riesco nemmeno a capire se Amedeo mi sta prendendo in giro, se simula l'alienazione, se quello che vuole è guastarmi la festa. La recitazione può essere più vera del vero, quando il vero è preda d'amnesie. Ogni uomo ha il diritto d'ucciderne un altro, a patto d'offrire la propria vita in cambio. Il deragliare d'Amedeo puntuale, senza riparo, verso le undici del mattino mentre Domenico è fuori, è un'abitudine di cui non potrei più fare a meno; è il mio vizio segreto, il ricatto dell'assurdo.

«Sono confuso, Amedeo, dammi tempo; sto vivendo in due emisferi contemporaneamente.»

«Asino che crede agli asini che volano, buridaneggia; se non t'esalti d'una malformazione, mio sire, non farai un tubero nella vita; tu pensi che il futuro, se il passato non è?»

«Se riesco a fabbricarne un po', di bellezza, la subirò di meno...»

«Aha, arrivano i saldatori; la bellezza è una mafia.»

12

Minimizzavo, con te, è vero: non volevo contaminare con un passato storpio un futuro possibile. Ma qualche volta t'è toccato di sentirle, le mie tentennanti risposte al telefono, e ne hai tratto le corrette conclusioni («ti fai suggestionare») – ostentatamente sputavi sullo scottex lucidando i bronzetti che venivano da Mantova e che rappresentavano le fatiche d'Ercole. Eri convinto che Amedeo non avesse saputo amarmi nel modo giusto: era la tua difesa contro la mia ipotetica slealtà e contro il pensiero che se ero stato così sleale una volta avrei potuto esserlo ancora. «Non c'è bisogno della zingara per capire che ce sta a provà»; ti sporcavo, t'appesantivo, ti costringevo a volgari rivendicazioni proprietarie.

Fu intorno a settembre, in effetti, che la pesantezza cominciò a impadronirsi di me: non solo e non tanto la paura che ad Amedeo succedesse qualcosa d'irreparabile ("questo è il letto dei delitti" non potevo impedirmi di pensare stendendomi con te), quanto il sospetto d'essere murato nel mio egoismo, di comportarmi sentimentalmente come quei colonialisti stupidi che sfruttano con la monocultura le terre in loro possesso fino a isterilirle snervandole. Già mi pareva che i nostri incontri, sempre più intimi, durassero però inavvertibilmente sempre un po' meno; «ah, l'abbiamo fatto proprio bene», cioè «che non ti venga in mente di azzardare la seconda». Fu in quel periodo che le traduzioni (o le postille) luciferine diventarono una specie di nevrosi: «non assomiglia a niente, questo nostro amore» (postilla luciferina: «non sarà magari perché non è un amore?»); «finalmente t'ho scovato» (replica luciferina: «mi fai sentire un tartufo, ne ho la forma e a momenti perfino l'odore»). Questi esercizi di retorica infernale erano ovviamente interni al perimetro del cervello; per sdoganarli avrei dovuto edulcorarli parecchio. All'uscita dalla mostra di palazzo Grassi («certe volte ho l'impressione che le cose che sto vivendo siano più grandi di me») la traduzione simultanea era già pronta («mi sono venute due palle così»); invece ti chiesi che cosa t'era piaciuto di più e il risultato fu che dovetti comprarti il catalogo.

Ma la sera ti ritrovavo nudo, *e fidanzato*, sotto le coperte; il portapacchi pieno di pane, gli occhi lustri d'una festosità senza motivo. Eravamo tutt'e due abbastanza inesplorati l'uno per l'altro. E poi ci sentivamo *in regola*, che sollievo: come quando c'è un controllo a sorpresa in metropolitana e il biglietto l'abbiamo fatto. La tua improbabile verginità a ventotto anni, accarezzavo tessuti integri di sopra e di sotto – più che stare con te, ti indossavo.

La cosa più difficile che imparo
è la facilità: da quanti rumori
ho chiesto riparo ai tappi di cera?
Le statue greche erano dipinte.
Il pesce cotto è migliore del crudo.
L'orchestra suona, i cani sono accesi
ma non disturbano. Tu riappari subito.

Le opere vere sbaragliano le finte.
Illusione e progetto si sposano
in completo gessato e in lamé:
chi aveva detto che l'amore è nudo?
Le imprese della notte semplificano
i bivi del giorno: sei il mio meccanico
ma anche la mia spider, il mio coupé.

La storia della donna matura che hai amato da ragazzo me l'hai raccontata quella notte, distesi sotto i pini alla festa dell'Unità, mentre le cicale ingannate dagli alogeni continuavano a frinire e rischiavano di farsi scoppiare il torace: alla fine della vendemmia i braccianti la issarono sulle spalle per portarla in trionfo e tu, nascosto tra i ragazzi più grandi, hai potuto baciarle l'alluce sporco di verderame. L'anoressia in cui cadesti quando lei ti trattò come un bambino e la rivincita, dopo che il suo uomo era partito per l'America. Un desquamarsi della pelle simile alla lebbra le stava devastando il viso e il petto, che i suoi stessi parenti la schifavano, e tu sei rimasto sette giorni a tenerle la mano; nessuno lo credeva che un ragazzetto si sarebbe sacrificato tanto, nemmeno lei, Agnese. E poi il medico che, vedendoti così bravo a tranquillizzare i malati con la voce, t'invitò a una radio privata e da lì derivò tutto. Sei amico di forze che mi spaventano, *carichi la fionda per accecare il secondo occhio del sole.*

«Se uno ti dice puoi anche schiattare che per me è lo stesso, vedi che la trovi la forza di reagire»: riportata al concreto, la tua familiarità col cosmo si riduceva a senso comune. Fingevi di parlare di te per indottrinarmi su Amedeo. Ma ci sono delle gare così perse in partenza che non basta vincerle per rovesciare il pronostico. «Parli come se la vita non avesse alternative» ti rispondevo alla fine, «come se l'unica cosa che conta fosse guarire»; «a parole mi freghi perché sei intelligente» concludevi – e da come dicevi "intelligente" sembrava quella la malattia. Mi giravi le spalle irritato ma non era un rifiuto, era un invito. T'annusavo la maglietta, erba e sudore, con l'automatismo del cervello rettile; t'era venuta la fissa della palestra e per scherzare assaggiavo a che punto era il tuo tono muscolare come si assaggia se la pasta è cotta. Poi la maglietta te la rovesciavo sulla testa e ti lasciavo così, come una statua mezza sbozzata, con le cicatrici intorno all'ombelico, la zavorra degli inguini che oscillava a tempo («non devi sentirla con le orecchie, la musica»). Ti facevo il solletico imitando il maiale che grufola («dài, mi fai perdere il sincrono»); sognavo di cucinare due pesci diversi, in due diverse pentole, e deploravo che fossero gelosi l'uno dell'altro.

Ecco inoltrarci, come fanti male
equipaggiati, nell'inverno della durata:
quale parte di me stai sentendo?
Lo sciacquio dei catenacci

nel ristorante sul fiume? Un silos
sa d'essere felice, se aumenta
in lui il livello del grano? Dacci
oggi il nostro eros quotidiano.

Liberaci dall'assolo, se non possiamo
liberarci del mondo – e intona
per noi, non la mandolinata
in surplace, ma la marcia *reale*!

C'è un pesce nel lago Tanganica che non sapendo come difendere le proprie uova (dato che la grande trasparenza dell'acqua le rende visibili ai predatori) se le cova in bocca; un altro pesce, più grosso e spinoso, ha imparato a fabbricare uova molto simili e va a deporle nello stesso luogo e nello stesso momento, in maniera da mischiarle a quelle dell'altro – abbindolato dalla somiglianza, il primo pesce le inghiotte insieme alle sue. Quelle dell'intruso si schiudono più rapidamente e gli avannotti già sviluppati mangiano i piccoli legittimi man mano che sbucano dalle uova, sicché la carneficina dei figli avviene nella bocca stessa della madre. Alla scadenza voluta dalla natura, la madre espelle quelli che crede essere i suoi figli ma che in realtà sono i figli dell'altro, che lei considera suoi, e al presentarsi di qualunque pericolo li riospita in bocca come farebbe coi suoi – finché quelli, diventando sempre più grossi e mettendo le spine, non le ostruiscono la gola.

13

Lo scritto d'italiano è andato così così: hai scelto il tema d'attualità, quello sulla scomparsa delle distinzioni tra i ceti sociali, e invece di parlare del nuovo orizzonte che si spalanca ti sei dilungato sul fatto che neanche i ricchi hanno più educazione. Era difficile, lo riconosco: forse potevi tentare quello di letteratura. Poi t'è scappato un'apostrofo dove non ci voleva, pare, e non sai dartene pace – dài, un'apostrofo non è niente, vedi, pure io ne ho messi due qui e non è cascato il mondo. Con questo caldo si dorme tutti poco e qualche piccola distrazione è perdonabile – tu poi, con lo sforzo che stai facendo. Anche i commissari erano scamiciati, m'hai detto, magari non se n'accorgono. Ma sugli esami, e sulle emozioni paterne che mi scombussolano in questi giorni, tornerò quando sarò arrivato con la storia a ricongiungermi con oggi. Per adesso devo ancora raccontare di Perugia.

«Guasto i tuoi ritmi – dici – ti rovino
le abitudini», solo perché in nome
della flessibilità del lavoro
hai deciso di trasferirti –

e io guardo sulla carta, esploro
le ferrovie secondarie;
già m'immagino con un panino
salire, il bianco nel palato

al sagrato di chiese d'oro... come
colombe volano le latitudini:
appaiono ordinarie le sillabe
incredibili «sei-il-mio-de-sti-no».

Il cinque ottobre t'aspettavo a cena come al solito: avevo preparato le mazzancolle e stavo in pena perché, per la pasta con le seppioline, non ero riuscito a trovare i fusilli freschi; avremmo dovuto accontentarci di comuni linguine Voiello e una sottile malinconia sarebbe scesa sulla tavola. Alle nove e mezza non eri ancora arrivato, un po' troppo anche per i tuoi ritardi southern-style; alle dieci e un quarto ero scivolato dall'incazzatura all'apprensione e alle undici alla smania – ho chiamato Vietri ma tua madre «Dummì stace a Roma, stace loco a faticà». Ho passato la notte ripetendo parola per parola la scenata che t'avrei fatto l'indomani; non ho pensato nemmeno per un minuto a una disgrazia, mi chiedevo solo chi eri veramente e secondo quali codici mi stavi maltrattando.

Verso mezzogiorno hai aperto la porta, spettinato e con la barba lunga, l'aria smemorata di chi ha ingerito qualche sonnifero, «non volevo preoccuparti». Altro che preoccupazione. Intanto avevi rotto definitivamente con la s.r.l. che ti dava lavoro: la sera del quattro t'eri lamentato con me del nepotismo che domina l'ambiente, gli Izzo i De Angelis gli Amendola, e dell'amministratrice che t'aveva fatto pagare una multa pari a due gettoni di presenza perché t'eri confuso coi turni. La mattina del cinque eri arrivato in sede per scoprire che il tuo ruolo era già stato assegnato, per l'appunto a un figlio d'arte, a un fighetto di quelli che guardano l'orologio e sbuffano quando sbagli perché loro non sbagliano mai; sei andato a protestare e la direttrice non t'ha neanche ascoltato, ha detto solo «non fate l'onda» col segno così sul mento, di non aumentare il livello della merda. Con l'occasione t'ha offerto, se lo volevi, un turno di brusio, che per chi non lo sapesse è l'estremo ripiego dei morti di fame. Gli hai gridato dove se lo potevano infilare e sei saltato in macchina: volevi andare a Perugia per trovare subito una soluzione di ricambio. La cosa che ti ronzava in mente, e che ti rendeva più cupo, non era però la scenata ma una frase che t'avevo detto io la sera prima, e figurati che l'avevo detta per consolarti: «forse la tua voce è troppo importante per le commediole che vanno adesso» – come se avessi messo in dubbio le tue capacità professionali. Insomma, non hai tolto il piede dall'acceleratore e allo svincolo di Orte hai fracassato la macchina contro il guard-rail. Tu illeso, fortunatamente, ma la Uno era da rottamare.

Non mi sono dispiaciuto per la macchina, ho solo pensato "si somigliavano, è giusto che sia morta mentre la guidava lui" – stesso materiale di serie, stesso indomito cuore. Finito il racconto m'hai buttato le braccia al collo e singhiozzavi «scusa amore, cacciami via, ancora a 'sto punto sto» – poi rinfrancandoti «m'hanno fatto un piacere, guarda, io se permetti volo un po' più alto, ho altre vibrazioni e altri paradigmi, con loro mi stavo impantanando». E ancora, «a Perugia ci sono delle ottime premesse, solo che devo starci dietro, non possiamo partire i primi di novembre». Ti succhiavo le labbra come una caramella gommosa, le lacrime dolci da bere scendevano lungo la curva delle gote come sulla ceramica d'un vaso. Facevi progetti che ti vedevano immancabilmente sfolgorante di gloria ma richiedevano il mio intervento («se non eri così orso potevamo invitare Rutelli al mare da me»); «sei il mio nido» ripetevi, e io rimuginavo qualcosa come «orgoglioso a spese del sottoscritto» o «che significa non dobbiamo mai separarci, tipica illusione assistenzialistica della sua razza». Ma poi che fare, se non spalleggiarti? Assistere allo scempio del mio tempo libero, stramaledicendo, ma poi che fare, certo, se non rinviare il viaggio in Marocco tanto pregustato? Col sorriso tirato, a voce alta, «a te ci penso io», e tu allora, «l'essenziale è che sei sempre contento di me» – c'era nell'aria un po' troppo altruismo per essere un amore come si deve.

Quella di Perugia era una piccola cooperativa formata da giovani, con capitale sociale minimo e che s'occupava di tutto, dall'ideazione alla distribuzione – videocassette con vite di santi, programmi per i network radiofonici, allegati sonori per i convegni eccetera; principali committenti gli enti cattolici, ma anche il Coni e gruppi musicali. Ci sei entrato con entusiasmo, investendo nella tua quota i pochi risparmi che avevi: «non ci saranno i film americani, ma siamo liberi». La sala di registrazione stava in un cortile chiuso da una grande cancellata di ghisa e attraverso i pioppi si vedeva una torre da cui s'affacciavano i piccioni.

Il dato esteriore, quello che marcò la nostra vita in quei mesi, fu che gli orari divennero bestiali: una stanza per te a Perugia non potevamo permettercela e ti sobbarcavi alla vita del pendolare. Chi ha predisposto le coincidenze sulle tratte ferroviarie umbre dovrebbe essere costretto a portare soccorso in treno alla madre moribonda: paesaggi straordinari, certo, salici e ciminiere e forre, e stazioncine deliziose con un orologio in genere fermo sulle quattro e dieci – ma anche la sensazione che il treno che deve arrivare sia partito nel dugento. T'alzavi alle cinque e non rientravi prima delle dieci di sera, diciassette ore lavorative considerando i tempi di trasferimento; medie premarxiane, da minorenni in miniera. E un eccessivo scrupolo, mi pareva, nell'essere presente a ogni riunione, cazzo lo sanno che abiti a Roma avranno un po' di pietà, fatti mandare dei fax – «siamo tutti nella stessa barca», e poi il tuo recapito esatto a Roma non glielo volevi dare, non dovevano sapere che vivevi con me. M'alzavo alle cinque anch'io, gettato a calci nella vita diurna oltre ogni possibile riassopimento, non tanto dalla sveglia quanto dallo sforzo di svegliare te che non la sentivi; e di notte la furia di recuperare t'intasava il naso, facendoti russare come un mantice. C'è una bella differenza tra l'idea romantica del "condividere" e gli sconvolgimenti fisici che la condivisione comporta. Il mio alone d'invulnerabilità, che durava dall'epoca del nostro incontro, si ruppe con un'eruzione spettacolare di foruncoli pruriginosi, seguita da erpes alle labbra. (È cominciato da allora il carosello dei dermatologi.)

Per non ammettere che eri stanco saltavi sul letto al ritmo d'una di quelle musiche che piacciono a te, funky o che ne so, e l'energia c'era tutta, il diaframma era alto come una fontana – ma i muscoli appassivano mogi: non avevi più il tempo d'andare in palestra. Pativo gli scossoni, volevo dormire e mi concentravo sulle madonne del Perugino, sulle dita che non sentivano la carne, su come doveva essere contento da vecchio che Raffaello fosse morto.

Il solletico delle tue ciglia
quando nel dormiveglia
bruchi tra la mia barba

è la tenue avvisaglia
che m'imbroglia e mi turba
d'una famiglia in erba?

14

2 novembre '95, notte di passione
(nel senso di Getsemani)

Verrò a trovarti quando le strade saranno sgombrate dal peso d'un corpo che imbratta la neve. Ecco che la verità, di nuovo, assume necessariamente la forma del tradimento. La bolla di sapone là, la libellulina ina ina, con tutte le sue sillabine e le riverenze, dice la gioia d'amore: che c'è stata per fortuna, scemolina ma c'è stata – non direbbe mai l'ipocrisia d'amore, il ti-voglio-ti-voglio-ti-voglio per mascherare il vattene-vattene-vattene. Così il nostro fantasticare stasera, il mutuo, il film con l'articolo 28, l'adozione a distanza, regali appesi all'albero per eludere una faccenda molto semplice: i corpi cavernosi che non si riempiono più.

Cos'è questa processione così tranquilla di monache, nel ghiaccio del secondo millennio, lenta perché evidentemente sicura che le potenze oscure si riprenderanno il loro ostaggio? Avevo scommesso che l'attrazione non sarebbe durata più di dieci poesie, è durata quasi il doppio. A ogni minuto, di sera, quanto più sei vicino col treno, la voglia di vederti appassisce e la coscienza dell'appassire cancella bocca occhi voce. Forse succede a tutti, ma quei tutti sono alleati della biologia (poppate, pannolini); noi ci mettiamo proni anche di fronte a una maniglia. Se non sono nemmeno riuscito a spiegare cosa sei quando balli...

Smettere di provare attrazione è penoso come essere abbandonati, con la differenza che non posso odiare chi m'abbandona perché stavolta ho fatto tutto da solo. Il commerciante di formaggi della Sila spegneva uno a uno i lampioni, sostituendoli con un sole giallastro che non aveva bisogno d'essere illegale. Nella stanza le lacrime che l'amica (vedova due volte) aveva appoggiato da me senza poi venire a riprendersele... lo sai che quando chiudo gli occhi, poco prima dell'orgasmo, non riesco nemmeno più a immaginare un atleta? La sottrazione del tuo e del mio corpo è dovuta a una moltiplicazione di corpi che nasce dalla mente. Il Bassetto Radioso è tornato da Tokyo dove è arrivato quarto, ma non ho avuto il coraggio di vederlo, la chiesa si sbriciola al primo accenno di restauro.

Non mi piaci più. Ecco la mostruosità inconfessabile perché banale. «Gentile signorina Morte, quando L'ho vista nel parco ho creduto di poter chiacchierare con Lei semplicemente di sport, invece Lei mi pone quesiti capitali a cui non posso sottrarmi, data appunto la Sua squisita gentilezza; Lei mi chiede perché sono attratto unicamente da sconosciuti e perché, dopo aver presunto che negli sconosciuti sia salvezza, scopro che la salvezza non è nemmeno lì; solo nella negazione è il mio erotismo. Gentile signorina venga La prego, allontani da me il cuscino sbavato d'inchiostro – faccia cessare l'accanimento terapeutico, venga Lei personalmente e mi porti via.»

Lo stomaco mi brucia, ho i piedi al posto delle ascelle, sono ridotto a una fetta strettissima di letto perché padronalmente t'espandi, con pieno diritto, e a me non resta che sopportare. Volevo possedere mia madre, non diventare lei («ah, gentile signorina...»). Sto qui che sudo sangue, ho le dita sporche di feci perché attualmente è l'unica arida prestazione che posso assicurarti (tu per pietà fai finta di godere tanto tanto, poi mi strizzi i baffi e ti leggo negli occhi l'orrore segreto della devozione). So che significa oltrepassare di straforo una soglia vietata: come il manzo che, essendogli cresciuta una cisti sotto la coda, crede di potersi confondere coi tori ma viene immediatamente riconosciuto al muggito e cacciato dal branco. Il paradiso da cui non si può uscire e da cui tutti ormai sono andati via.

Adamo aveva un fratello minore, che Dio aveva creato "per sicurezza", come i vecchi nelle nostre campagne non facevano mai un figlio solo, dando per probabile che potesse restare vittima della difterite o della spagnola («s'a t'in mór un, a 't resta cl'èter») – così Dio, se il primo gli riusciva male che avrebbe dovuto fare, mettersi a cercare dell'altro fango? Il secondo gli era venuto più intelligente: infatti era lontano, dall'altra parte del giardino, quando successe l'increscioso putiferio di Eva, non peccò e non venne cacciato dall'arcangelo. Ogni tanto chiedeva il permesso d'andare a trovare di là il fratello e la cognata, godeva di qualche carezza furtiva con Caino e con Abele, sconcertati da quello strano zio, poi tornava in paradiso. Ma il giardino senza cura aveva cominciato a rinsecchire, gli animali avevano seguito la coppia e gli angeli latitavano...

L'unica cosa da fare domattina sarebbe dirci seriamente addio. Ogni volta che mio malgrado ti tocco rabbrividisco alla certezza che è un altro (qualsiasi altro) che vorrei toccare. E nemmeno quest'altro sarebbe chi dev'essere: dentro il calco corporeo di chi è sempre qualcun altro ovviamente non c'è nessuno. La sola risorsa, in questa notte senza aiuto e senza nemmeno un bicchiere, in questa notte che non finisce mai, è sperare che venga presto mattino per ricominciare a fingere. «Anna era una brava strega: ordinata, puntuale. Alle sette si alzava e spicciava le faccende, poi si metteva sulla porta ad ascoltare le novità. Alle undici tornava in cucina per preparare i figli; ma a piccoli pezzi per volta, con salse sempre diverse. Anna s'accontentava di poco: un orecchio, uno zampetto (anzi, un piedino), un rognone. Con opportune protesi, i bambini continuavano la loro solita vita.»

Ricordi quando ti chiedevo di lasciarti fare i clisteri? Ah se potessi, come un cetriolo di mare, insieme alle viscere strapparmi il cuore: vi darei qualcosa da vedere («qui non c'è niente da vedere, circolare circolare»), i lobi inzaccherati e le questure... dovrei soltanto tacere, steso sul letto per ore – ogni volta è un equivocare, un lasciare scie di dolore. Macché finire, quest'amore non avrebbe dovuto cominciare. Il culo puzza, l'infinito ha odore di stallatico; i corpi imperfetti non meritano d'esistere, ergo la sola bellezza è lo sterminio. Il colonnello del lager è il mio corpo. Amerei chiunque non ce l'avesse, un corpo. Voglio stare solo, datemi qualcuno da fare a pezzi.

Chissà come, per anni, ho creduto
d'essere un uomo, io grumo
d'altri, variabile ai corsi
della luna. Ah se all'annuncio

della mia morte, evaporata l'acqua
fossi sicuro che nessuno
piange! (Si offendono se li odio
e se li amo, pure.) Verrà

qualcuno che m'appende a un chiodo
senza tanti discorsi, e a una svolta
di stanchezza, sotto un cielo
depilato, un cielo venduto...

I ragazzi chiassosi picchiano contro il vetro dell'alba, ma non si sentono le parole; il bianco dei glutei e delle ginocchia, schiacciato contro la superficie trasparente, forma nebulose ellittiche come ogni solido curvilineo tagliato da un piano. Non sono più degno d'inchinarmi ad accoglierli. Mentre gioco con te questa partita a niente, un uomo che ho condannato all'infelicità rinforza la trave a cui impiccarsi – come un rinoceronte impazzito d'umiliazione e di fame, pericoloso perché la sua vita non vale più un centesimo. Il siero scorre da tutti i rubinetti, io invece verso con cautela – ma non potrò finire finché non sarà versata l'ultima goccia. Perché la sveglia non suona?

*

La quantità di strazio è indipendente dalle circostanze di tempo e di luogo, e dalla maggiore o minore nobiltà degli eventi. Per esempio una mattina come le altre, in un appartamento in affitto della zona Prati, due uomini possono svegliarsi in conseguenza d'una comune sveglia puntata alle cinque e mezza, uno dei due può attardarsi tra le coperte: l'altro accarezzandolo sulle natiche («ah, ah, gentile signorina...») può sollecitarlo perché il treno non aspetta e registrare dentro di sé un infoibarsi della voce che dipende dal clandestino non aver dormito. Immediatamente allora pensare all'album di fotografie, con immagini di fenicotteri e di canali che li specchiano, come a una cartella di bisogno mal riposto, che se fosse ben indirizzato potrebbe illuminare i casamenti d'una strada intera o far fare a uno scooter due volte il giro del mondo. Come quelle torbiere sulle rive dei laghi africani, ricchissime di combustibile prezioso se solo si possedessero le tecniche d'estrazione. Il secondo uomo, il più giovane, può intanto essere andato in bagno e in cucina, tornare odorando di sapone e di caffè, dire «come sei carino, che amore carino che ho», e l'altro potrebbe avere una smorfia subito dissimulata sentendo lo sguardo del primo scivolargli lungo gli zigomi, per evitare gli occhi negli occhi; e potrebbe rispondere, mentre il suo proprio sguardo risale di pochi centimetri la fronte dell'altro, «su, che fai tardi». E appena il giovane ha richiuso la porta, provare l'impossibilità fisica di rigirarsi sulla schiena perché ogni allargamento della menzogna comporta uno slabbrarsi della ferita che lo farebbe morire dissanguato. Il dolore orchestrato prorompe a un tale volume che si può solo stare rannicchiati sul fianco: questo nella casa d'un professore in un medio-basso letto d'occidente, mentre nella generosità della geografia azioni larghissime e vibratili vengono compiute ogni secondo. Unico contrappeso: scrivere la verità che non si ha il coraggio di dire.

15

Ora lo sai fino a che punto posso simulare: non ti volevo più, avrei dato un occhio per farla finita subito ma continuavo a essere sorridente e pieno d'attenzioni («ti ringrazio per come mi fai sentire» dicevi). Di notte, severo e finalmente solo, mi vendicavo su me stesso della mia doppiezza. Impossibilitato a muovermi e senza accendere la luce (non avevo ancora imparato a fidarmi del tuo sonno di piombo), soccombevo all'angoscia d'una volta, quella che s'attacca agli organi respiratori e graffia la trachea – la vecchia collega che presiede ai traslochi. Cercavo d'inghiottire meno aria che potevo perché avevo la sensazione che l'aria stessa fosse l'elemento venefico, asfissiante; e tutto perché non mi facevi riposare abbastanza. A consolarmi c'era soltanto il pensiero che i miei argini avevano retto a ben altre piene e che quindi potevo scialare col negativo, spingendomi fino alla casetta di marzapane dove abita il suicidio.

Stavo di schifo ma tutto era riassorbito dalla vitalità di un'ambizione virtuale – vigliaccamente di giorno tendevo a dimenticare la notte, come se si trattasse di banali oscillazioni e resistenze di quella vita nuova. Avrei dovuto incorniciarle quelle notti, invece, e trarne le conclusioni. Non mi troverei al punto in cui mi trovo adesso, che non ho più nemmeno quel minimo d'indipendenza che serve a mentire.

Era la somma di tre disperazioni. Se provo a chiarirle a me stesso per spiegarle a te, mi viene spontaneo chiamarle la *disperazione del tempo*, la *disperazione dello spazio* e la *disperazione della dignità*. La disperazione del tempo era la furia con cui lo dissipavi: lavoravi quindici ore al giorno però volevi andare all'*Alpheus* dove c'erano le scuole africane di percussioni, poi cadevi sistemando l'asticella delle tende – o tornavi e pretendevi che ti leggessi una vita seicentesca di Giovanni di Dio per segnare dove stavano le pause – o arrivavi trafelato portando nel cappotto il freddo dell'esterno e annunciavi che c'era gente a cena, e si cenava alle undici. "Tu dormi, mangi" pensavo, "fai come se fosse casa tua, con la piccola differenza che pago io." Senza contare il vostro compulsivo soccorrervi a vicenda, «prestami la vespa che vado a prendere Francesco alla stazione, ah prestami anche ventimila che sono in riserva sparata, se Immacolata è già partita con le bambine digli di portarlo qui Squillo, povero canetiello, che quando rimane solo si mette a mozzicare i mobili e piscia pure sui tappeti». Mi macchiavi di catrame la giacca, rompevi i bicchieri di cristallo troppo sottile; poi ci fu il guaio, più serio, del computer. Se fosse per te daresti tutto a tutti, così una volta che stavo all'università hai consentito a un tuo amico (macché, magari: a un tuo lontano conoscente) di venire a lavorare sul mio computer e m'ha scassato la stampante. Ti sei preso la mia vita, il mio letto, il computer per favore no. Quando mi sentivi più inviperito del solito mi cantavi una canzone di Fabio Concato, «certo del tempo io ne avrò | e nonostante il mio lavoro | quando mi chiami ci sarò...» ecco adesso la dice la bischerata e non posso impedirlo, come non posso impedire a questo asciugamano d'essere giallo, infatti: «anch'io voglio stare dove sei più bello, cioè dentro», come il titolo della canzone.

La tua attitudine a rompere oggetti era il ponte di collegamento tra la disperazione del tempo e quella dello spazio: l'orrore di sentirmi invaso, di non essere più padrone in casa mia. Anche quando stiamo a letto m'attraversi, mi occupi, ti distendi a croce uncinata – nemmeno mentre dormi riesci a stare tranquillo, t'abbrancichi e se mi ritraggo bofonchi egoista «resta qua» – l'altra metà del materasso potremmo subaffittarla.

I tuoi vestiti li ritrovavo dovunque, i calzini tra i libri, le mutande sulla macchinetta dell'aerosol. Quello che per te era semplicemente disordine, per me era una bocca che divorava i miei sforzi ventennali verso l'autonomia, verso la religione del ciascuno stia al suo posto, del non molestare per non essere molestati. Facevi un gesto, soprattutto, in cui si concentrava l'essenza della tua intrusione: mentre stavamo seduti a tavola, appoggiavi il gomito e piegavi indietro la mano facendo perno sul polso; me la mettevi a pochi centimetri, semiaperta e col palmo in alto, come se mi presentassi un piatto da riempire o la scodella delle elemosine – che dovevo farci con quella mano? Provare a metterci la mia, scomodissimo, deporci un bacio ma dovevo alzarmi in piedi; dopo un po' desistevo e tu continuavi a tenerla lì, richiedendo chissà quale sforzo di fantasia. La odiavo, te l'avrei tagliata.

Ciò che ti rimproveravo, più in profondità, era di distrarre il tempo e lo spazio dal loro compito, che è quello sempiterno di adorare; se inzeppi furiosamente la vita, come fai a distanziartene per contrastarla? Adamo l'angoscia vera della cacciata non la sentì allontanandosi lungo il sentiero di rovi ma più tardi, quando nella capanna Eva con il suo indaffararsi e il suo ininterrotto chiacchiericcio gli impediva di riflettere.

La terza (la *disperazione della dignità*) è quella che rischia d'essere più fraintesa, perché non si riferisce alla dignità personale. La disperazione era di vederti genuflesso, estasiato davanti allo sfarzo del mondo. Mia madre me lo diceva sempre, «non sta bene chiedere» – e tu, che quando si tratta di scendere a compromessi con un singolo individuo mostri un orgoglio ombroso ai limiti dell'autolesionismo, sbrachi di fronte al super bowl reclamizzato dalla vita. Forse il verbo che riassume è "scasinare": nel senso di divertirsi facendo casino, tutti insieme appassionatamente, ma anche nel senso di confondere, non saper scegliere, non darsi un minimo di gerarchie. Si decide di andare a vedere i fuochi d'artificio ma una delle amiche deve finire di allattare la bambina, nel frattempo telefonano da una festa e tutti esprimono l'esigenza di salutare tutti, a quel punto è evidente che si resterà imbottigliati nel traffico e s'arriverà quando i fuochi saranno già scoppiati, ecco i primi botti – ma no, ci si mette in macchina lo stesso, mangiando pizza e strombazzando, e l'ingorgo diventa il party. Se faccio presente che non è logico, mi guardate come un Ufo. Un senso collettivo di perdita, da placare col frastuono, da contrastare abbuffandosi con tutto quello che capita a tiro.

La razionalità è anche una forma di riservatezza: farle fare un po' d'anticamera alla vita, non ingolfare di richieste il centralino, non azzuffarsi per strapparle un autografo. E mancanza di gerarchie è anche il rifiuto di specializzarsi, di assumersi la responsabilità dei propri talenti; come per il mondo continui a essere un brillante donnaiolo, così da grande t'immagini indifferentemente doppiatore, gestore di ristorante, giornalista, istruttore di ballo, agronomo. La verità è che non ti piace sapere, ti piace soltanto mostrare che sai, ti piace frequentare i frequentatori. Non puoi vivere di montature, devi smetterla di dire «lo conosco benissimo» se con qualcuno ci hai parlato una volta; mi fa star male vederti scodinzolare dietro chiunque rappresenti la varietà del possibile, avrai pure una volontà tua e hai l'età per imporla.

«Ma io non voglio che s'imponga la mia, di volontà.»

Calava un mutismo irritato. "Se doveva finire così" pensavo, "potevo restare dov'ero, la mia bella frustrazione ce l'avevo già, laureato e ricco per di più. D'accordo che la crescita significa recludersi in un'unica opzione, ma quella in cui mi sono costretto è una cella di rigore. Lui apre le gambe e crede d'aver risolto tutto. La mostruosa escrescenza. Invece c'è un odore poco gradevole, di varechina, di mancanza di scelta, di adunate. Di farina, di medicinali, di lunedì. Anche il letto, ormai, è una frase concessiva."

16

Nel dicembre del '95 s'è insediata a Johannesburg la Commissione per la verità e la riconciliazione, presieduta da un premio Nobel per la pace, il reverendo Desmond Tutu; la Commissione è stata istituita per far luce sulle atrocità intercorse tra razzisti bianchi e militanti neri dell'Anc. Chiunque può presentarsi alla Commissione, e il patto è che se racconta fino in fondo la verità non viene punito, anzi gli viene concessa l'amnistia; con un gesto di grande coraggio civile, il Sudafrica ha preferito la verità alla giustizia. Sfortunatamente (o fortunatamente) le nostre mediocri esistenze sono esentate dal confrontarsi con fatti così energici; abbiamo però la nostra piccola scommessa, di dirci tutta la verità, sperando che alla fine scatti se non l'amnistia almeno l'indulto. Se non hai (se non avrai) ancora buttato via queste pagine, prendi fiato. Non credere che per me scrivere sia più facile che per te leggere. (Hai ragione, forse per me è più facile perché considero la solitudine un esito inevitabile e mi ci sono rassegnato.) Il mio «non mi piaci più» dello scorso inverno non può essere liquidato con ragioni intellettuali o di comportamento; le mie insofferenze nevrasteniche non si spiegano se non a partire da un'insoddisfazione fisica, *che dura tuttora.*

Ti ricordi Roccaraso, quella notte in roulotte passata in bianco da tutt'e due, quando t'eri spaventato perché volevo mollare il gruppo, lasciarti lì con la tua combriccola e i tuoi ski-pass e tornare a casa da solo? «Sono stato insensibile» t'accusavi, ma la claustrofobia non sarebbe stata così violenta (anzi non ne ho mai sofferto) se non fosse stata rafforzata da un'altra claustrofobia, simbolica e carnale. Erano belle giornate di sole e avevi un berretto di lana rosso; il sole è essenziale alla dimostrazione, il sole e le montagne innevate, perché ragionando al chiuso ogni sintomo s'addomestica.

Lo spasmo s'accaniva sull'esofago, o comunque sulla zona che va dallo stomaco alla gola: i luoghi del mangiare. Era una forma di denutrizione, infatti. *È come se ne avessi diritto*, capisci, alle perfette curve geometriche, e se non me le concedono ne soffro come un bambino mandato a letto senza cena o a cui si vieti d'andare a giocare in cortile. È un dolore da strappo, che devo aprire la bocca per resistere – è il cielo che rovista nella parte bruta della carne, cioè nella parte che gli somiglia. Una volta che il cielo s'è messo in azione, non puoi fermarlo: la rotondità è la mia indispensabile razione di nulla. Una voce era scesa sui tuoi pendii irregolari e aveva proclamato «è carne di secondo taglio».

Questo t'offende sul serio, lo so (non come quando fai il principe oltraggiato, per ridere), la ritieni un'osservazione ingiusta e cretina; se la pensavi così, dirai, potevi lasciarmi a chi invece m'apprezza e mi considera un bellissimo ragazzo. Io oltretutto sono più brutto di te, da che pulpito viene la predica: ma gli ordini indiscutibili mi spingevano a portarti rancore anche per la *mia* bruttezza, come se tu m'impedissi di scordarmela. Il tuo corpo è decisamente asimmetrico, nel senso che la parte anteriore (il volto da attore, il ventre piatto e ben disegnato, il pene grande e diritto, le cosce robuste) risponde alle più rigorose esigenze della norma e anche degli extra; la parte posteriore invece, dalle spalle ai talloni passando per i fianchi larghi e sfuggenti, è pateticamente difettiva, umana troppo umana. Sei uno strano animale mitologico, paradiso davanti e purgatorio dietro; accentuato dalla posizione in cui tieni gli slip, che partono proprio dal punto in cui dovrebbe incrementarsi la curvatura e quindi segnalano, sottolineandola, la scarsezza. Bastavano pochi centimetri diversamente disposti e giuro che ce l'avrei fatta.

Sei tiepido. Hanno un bel dire che l'acqua tiepida toglie la sete. Non è nemmeno questione di bellezza: è questione di pneumatologia. L'asimmetria che s'infiltra nella tua fisica grazia m'afferra per la collottola e rischia di soffocarmi infilandomi in bocca l'incompiuto – quando ti giri di spalle è come se mi schiaffeggiassi; l'imperfezione moltiplica l'ostilità dell'universo, m'impedisce di tenerlo un po' di traverso per poter respirare. Dietro ogni essere imperfetto ce n'è un altro, come dietro ogni muro c'è un altro muro. Allora mi prende la pazzia, sbatto la testa da una parte e dall'altra sul cuscino come se fossi legato a un letto di contenzione: la mia vera claustrofobia erano i tuoi muscoli troppo carenti per farmi decollare. Come quando nel tubo della Tac la voce della dottoressa smise d'assistermi, di dirmi «respiri» e «non respiri», e nella certezza d'essere abbandonato per sempre lì, capovolto e costretto alla barella da una cinghia di cuoio, urlai così istericamente che accorse l'intero reparto («non potevamo sapere che aveva dei problemi»).

«Due pulcini tra il naso e la fronte
da grandi col becco
ti strapperanno la Weltanschauung.»

Dove le mafie si incontrano intere
gli uccisi nel nido
non torneranno più – *gli uccisi*

nel nudo – la mia infanzia uccisa
e grandiosa. Nemmeno l'onestà
m'hai lasciato portare... Entro

in cella, che posso fare?
Ma meritavo un altro carceriere.

Amare te è un lavoro. Il letto matrimoniale è un'istituzione perversa: arriva il momento che non si cerca più un letto per fare l'amore, ma si fa l'amore dato che c'è un letto. («Alla fine sarai re, col peso | dell'ovvietà, e la formaggella | tra i diti – premiato | dall'età, marito tra i mariti.») Io sono uno che non regge i conflitti, uno che accende il televisore verso le dieci e mezza di sera per godersi tutti i lieto fine dei film. Non potendo provare amore me lo invento: questo risulta irresistibile per chi ha una carenza d'amore così primitiva da non poter essere saturata che dalla finzione. La mia debolezza di carattere mi rende uno degli animali più pericolosi in circolazione: achtung inventore.

«Perché non è lucente come il paesaggio» piagnucolavo mentre arrampicandoti come un capriolo mi salutavi dalla cima; mi lasciavo sommergere dall'amarezza della messinscena, o forse dalla messinscena dell'amarezza. Se m'avvicinavi al cazzo la bocca, «che gli fai, la respirazione artificiale?» postillavo – avevo notato che sospiravi «sono pieno di te» prima ancora che mi mettessi all'opera, per anticipare una soddisfazione che si preannunciava incerta. Scusa se metto in piazza questi particolari intimi ma non saprei illustrare altrimenti l'umiliazione che m'infliggevano le tue premure, come quando dicevi «voglio regalarti la mia energia» o «dobbiamo andare oltre tutto questo» (trad. lucif. «a scopare non sei mica un granché»).

Così avevo deciso di lasciarti e anche fissato la data: avremmo passato in armonia il sei dicembre, giorno del nostro anniversario, e t'avrei detto addio il nove, dopo l'ultima poesia ipocrita (quella che comincia «Le lucine di Natale sono fievoli...»). Ormai mancavano cinque giorni e ti stavo mostrando, tra le cartoline della mia collezione, quelle che rappresentano il bacio di Giuda, da Giotto a Caravaggio: d'improvviso, per noia o per uno dei tuoi inconsulti attacchi di allegrite, ti sei drizzato in verticale sulla poltrona. «T'è tolt al trapécch», come direbbe mia madre, cioè ti sei sbilanciato e hai fatto ribaltare la poltrona all'indietro, lo schienale ha ceduto. Maledetto te che non riesci a stare composto come si deve, maledetto me che non so stare da solo, maledetta questa maledizione che non si possa fare a meno di vivere. È l'unico pezzo d'antiquariato che ho, per aggiustarla ci vorrà come minimo mezzo milione. Cristo, possibile che tu non conosca quella virtù elementare che si chiama capacità di prevedere? Ti guardavi allo specchio con la pancia in fuori, indeciso se pentirti del tuo malestro o arrabbiarti per la mia arrabbiatura. Sono arrivato prima io, disinnescando la violenza in uno scherzo: «non sai che non si-rom-pono-le-poltrone, sce-mone? a sganassoni, co-sì, co-sì, su quella capa di montone».

17

I fatti, stanchi d'essere costantemente distorti e sminuiti, decisero d'insegnarmi chi comandava. «Volevo tenere un segreto, eccolo qua», e indicavi il naso pesto, il taglietto sul labbro superiore che sembrava un rossetto leggermente sbavato; da qualche settimana t'eri trovato un secondo lavoro come speaker alle Capannelle, ma quella sera all'uscita un ragazzo grasso stava chinato di fianco alla tua vespa come se volesse forarti una gomma – tu non sei uno che abbozza, così ti sei lanciato all'inseguimento ma dietro l'angolo t'aspettavano in tre. «Avevo i bioritmi negativi», sì vabbe', non credo si possa essere trattato d'uno scambio di persona, anche se non hanno detto niente sarà stato comunque un avvertimento. «Avrai fatto qualcosa che non dovevi, guarda come t'hanno conciato.» Sotto la preoccupazione e il rimprovero c'era nei miei occhi una pagliuzza, sia pure piccolissima, di quello che fa andare avanti il mondo: e niente, per quanto sia piccolo, di quello che fa andare avanti il mondo si sottrae alla tua vista. Hai tradotto in atto il seme che giaceva in potenza, ti sei spogliato lentamente, m'hai guardato come una puerpera che avesse finalmente dato alla luce l'erede e m'hai detto «ti piacerebbe essere stato tu?».

Il fracasso a ultrasuoni che ne è seguito non assomigliava ai violini della nostra primavera; t'ho ringraziato mille volte ma forse la trasfigurazione di quella sera continua a sorprenderti («sono rinverdito», «anche troppo, me pari l'incredibile Hulk»); era, prima e a differenza di tutto, una questione di tenuta, quella che consentiva l'intero srotolarsi d'una trama – che dava il tempo a te d'affondare nella vergogna riportandone acqua limpida («fare l'amore è come ballare, vero?»), a me di coniugare tutti i verbi compresi tra "esorbitare" e "risarcire", assistendo al prodigio d'un invaso che si riempiva da solo di terra e lievitava in una montagnola. Alzavo la bacchetta e la sentivo volare tra le mani, come se proprio l'istinto mi garantisse che l'autocontrollo non era più necessario; non ponevi alcun limite all'accondiscendenza, anzi sembrava che non più d'accondiscendenza si trattasse ma di personale gusto d'ubbidire.

Come se la tua pelle si fosse fatta ancora più olivastra e le tue labbra si fossero ingrossate, offrivi le mucose al padrone bianco che ti torceva le spalle fino a lussartele; secoli d'invasioni ma anche il rammarichio d'un cucciolo perduto, «non lo faccio più» gridavi, «puniscimi» ed era la tua vittoria.

Mio fratello me l'aveva detto una volta, con un velo d'insensibilità il sesso viene meglio, «comportati come se facessi l'amore per conto d'un assente». Occhi così non si hanno impunemente, stavi di spalle eppure continuavi a fissarmi e a prolungare il supplizio. Che un amore tanto *narrativo* non l'avessi mai conosciuto in cinquant'anni si spiega solo col fatto che nessuno me l'aveva mai veramente chiesto. La bellezza adesso era tremare come una virgola, cosciente che se imparavo la lingua nuova avrei disimparato la vecchia, anzi sarei diventato io stesso un'incognita. In compenso l'odio, le vecchie ingessature stavano evaporando: ti dibattevi come se ti squartassero e mi supplicavi d'inventare dell'altro. Forzare fino alla ferita il corpo morigerato. Non era a me ma a te che chiedevi le manovre con le pinze e col sapone, esaltandoti del fatto che rimanessero in famiglia.

Dopo averti sgridato, e dopo il *dopo*
cerco ricordi all'altezza
di quello che è stato, semplici
come la luce bassa, come

lo sportello scassato, perché
la stanza non è più così in ordine.
Come la buccia della pesca
accarezzata dal coltello –

che rovescia il cervello come un guanto
e fa sembrare di un'altra era
le mie ragioni mai sazie...

Ma è meglio che torni a letto
a sentire che mi dici «grazie,
oggi sei stato dentrissimo, topo».

Il boia di Omarska diventava Pollicino: mentre ti facevo la doccia non era più vero che tu non avessi rotondità – le avevo resuscitate a colpi di cinghia e ora cantando si scioglievano nell'acqua. «Stringendo le labbra con attenzione | taglio le ali dalle scapole.» La gioia che nasce dai giri ai giri ci restituisce. Accarezzare un coccige che si è visitato *dall'interno* poco prima, non c'è niente che dia di più la sensazione del pianoro raggiunto. Non che i lividi fossero tanto più numerosi, né più estesi, dei primi tempi, ma l'alea s'era imbattuta in un metodo – c'era una consequenzialità, qualcosa che assomigliava alla ripetibilità d'un esperimento. Quel che per cinquant'anni era vissuto raggomitolato nel terrore, annientato all'idea d'uscire allo scoperto – il mio gusto di violentare – m'accorgevo che non solo non spalancava abissi sotto i miei piedi ma suscitava in un altro la gratitudine. Provavo un'interezza di me rispetto alla quale l'ossessione del confronto e la bellezza come performance non erano che scenografia; se la falci alla radice, l'erba ricresce più provvida e più verde. Per questo cantavo tanto, in quei giorni: era l'allegria del fornitore puntuale. Mi divertivo a vederti trasformare, sotto i colpi, da nome proprio in nome comune, uno dei tanti urlanti; «non è un gioco» protestavi e avevi ragione, ma ho giocato così poco in vita mia. «Quando gridi basta per favore | e fai smorfie come per partorire | è allora che, insistendo, comincio a nascere.»

«Piegato e piagato» stavi dicendo per telefono a un'amica e sorridevi; ho pensato alle tue emorroidi e mi s'è gonfiato il petto di stupido orgoglio, come a Adamo la prima volta che Eva ebbe una vaginite. Tutto s'era capovolto in meno d'una settimana, il tramonto sveniva sul cadavere della logica. E le tracce di quel ch'è successo allora spero non se ne andranno mai più: anche adesso che ho la testa rintronata dal manuale di scienze e sono fradicio di sudore, è sufficiente che guardi il cielo e vedo una doppia striatura rossastra, matrimoniale. «La materia cerebrale, tenera come un'agenda, ammirativa annota come balli il merengue. Sulla soglia di corpi futuri, equidistanti dalla nonna e dal lupo, fino al ronzio nelle orecchie. Questo reciproco sondarci con sonde naturali, andare a capo ed essere bellissimi.»

Restituisco il mare, col cucchiaio
dei padri – è zia luce
che costringe le stelle a brillare.
La funzione crea l'organo, l'onda

interna è pari a quella che mi schiaffeggia.
L'handicap si ricuce, la derisione
fiammeggia in solitudine:
la schiena fa miracoli, infaticabile

ostina l'ariete. Ogni botta d'incudine
asciuga le cantine e allaga i campi
nemici, dove pesci innocenti nuoteranno.

Il mio piacere nasce dal tuo danno
(fino agli ultimi spiccioli)
se voglio dire «sono» e non «appaio».

Mi sono riconciliato con chi m'aveva offeso, povera gente anche loro; ho accompagnato un mongoloide in ascensore, ho insegnato a un bambino come si usano quei metri a scatto che s'allungano e poi rientrano nella rotella. Al terzo piano dell'albergo c'era il presidente della repubblica, che s'era perso: gli ho indicato il numero della sua stanza. Vinco partite che all'inizio sono di calcio, a metà di pallavolo e alla fine di basket. Ma come fanno, quelli che fin dall'adolescenza hanno conosciuto questa *forma di protendersi*, a non uscire per strada ringraziando i passanti, a non considerare ogni dolore che si patisce nel mondo come qualcosa che li riguarda e che è loro compito lenire?

Lo strapotere di quei giorni non si scaricò solo su di te: alla Tiburtina mi venne incontro un suonatore di corno che non vedevo da anni, mi disse con lunghi sguardi che stava con un trans – ci promettemmo una rimpatriata e dopo pochi minuti sull'autobus uno alto quasi due metri, con tutto il suo peso vegetale («farinoso come una pera che caschi: | che meraviglia essere maschi!»), mi drenò le fantasticherie. Dopo cinque sere consecutive di mio dovere coniugale espletato in piena e reciproca soddisfazione. Sia benedetta la volubilità: pur conservando a casa uno spezzatino mica male, anzi proprio per questo, seguivo per strada gli sciatori-con-la-bestia e con gli stretch aderentissimi...

18

Che fosse cominciata un'estate fuori calendario fu confermato dal caldo che ci accolse a Vietri, da mettersi in maglietta. Gli aranci e i limoni brillavano tra il fogliame scuro e anche a terra il vento ne aveva fatto un tappeto – come se una dea bambina, scappando, avesse dimenticato i giocattoli. Dato che l'amicizia consolidata ci aveva resi insospettabili, dormivamo finalmente insieme nel letto di tua sorella, temporaneamente in Sicilia dai suoceri, e mi stupivo della tua totale naturalezza («boh, sarà l'ignoranza della plebe che ciò dentro»). «Come stanno oggi, si sentono un po' vuote?», sfiorandoti le natiche osavo una volgarità che scintillava e di cui ero fiero come gli sposi novelli sono fieri del servizio di posate che gli hanno appena regalato. Avevo imparato a muovermi per casa, sapevo dove trovare lo zucchero e dov'era la manopola del termostato – spesso rimanevo in pigiama e in giacca da camera fino a mezzogiorno («ancora lì, spalmato sul divano?»). Tu andavi su e giù per il paese, aiutavi il parroco a sistemare gli addobbi della chiesa: il parroco che aveva trovato in un confessionale delle strane sbarre di ferro leggerissimo che poi un tecnico dell'Enea riconobbe come barrette di metallo raro, nientemeno che un componente dei reattori a fissione nucleare. A ogni ora canonica un diverso scampanio, e la gara di presepi delle ceramiche artigiane e l'andirivieni dei senegalesi a cui bisognava dare la chiave del capanno.

Sonia compariva spesso, dinamica e perfino simpatica nella sua estroversione spigolosa; ti proponeva improbabili professioni, come fare il referente italiano d'una compagnia di viaggi caraibica o procacciare pubblicità per il campionato di beach volley, o addirittura aprire un negozio di pasta all'uovo in Ucraina – al mio sarcasmo rispondevi che la cooperativa di doppiaggio non andava poi così bene, t'erano arrivate voci di qualche nervosismo bancario, «io mi baso molto sul mio istinto, *e tu lo sai*». L'allusione non sfuggiva a Sonia, che era stata la tua confidente ai tempi della foto sull'«Europeo» e aveva fatto il tifo per te (la tenevi sveglia fino all'alba a raccontarle che fortuna t'era capitata e com'eri felice). Dunque era per ingelosirmi che non me l'avevi mai detto. Scherzava sulle dimensioni del tuo arnese, «se mammà sapesse che grazia di dio va sprecata, ci costringerebbe a sposarci se non altro per economia» (sprecata?, ritiro il simpatica). Nel suo monolocale da single, a Salerno, tiene una gigantografia di Silvana Mangano col cappello di paglia e le calze nere sul set di *Riso amaro*; ti portava a ballare al circolo culturale *Janis Joplin* e la stringevi alla vita, incastrati l'uno nell'altra. «Ma lei non ha gli attrezzi per un'unione piena» gongolavo, orgoglioso della tua virilità e della sensualità che emani quando t'assale la frenesia motoria – come un padre spera che il figlio si faccia onore con le donne. Con me, Sonia era un indefinibile miscuglio di soggezione e protettività; ma una volta che eravamo rimasti soli e le ho confessato il timore che tu, più che di me, ti fossi innamorato della sistemazione, è andata giù dura: «allora si' proprio strunzo». Quando da guaglioncella aveva paura dei tuoni, scendeva da voi chiedendo se poteva dormire nella tua stanza e v'addormentavate tenendovi per mano.

I temporali li scatenavamo adesso – il blu sullo zigomo era così evidente in processione che hai dovuto inventare una caduta. Ma non c'era bisogno di spingere i gesti all'estremo, una volta tornati in camera e chiusa la porta alle spalle: lì tutto era lecito e dunque tutto poteva essere delicato; piano pianissimo, fino a capovolgere il messale – essere il pasticciere e anche la torta. Gli eterosessuali non sanno quello che si perdono negandosi il doppio ruolo: essere la trave che si infila nella calcina fresca e il bicchiere di birra prosciugato dal muso del formichiere – essere divorato dal grizzly e subito dopo balzar fuori dal suo stomaco per piantargli un pugnale nel cuore. (Ma un pomeriggio, vedendo tuo padre che picchiava brutalmente la cagnetta Maradona, mi sono vergognato del tuo modo di fare l'amore.) Andavamo al bar per il caffè e anche salutando ti spendevi. A nove anni già lavoravi come facchino e lift in uno degli alberghi della costiera, ti svegliavi alle quattro e t'appisolavi in piedi in ascensore accompagnando i clienti. Tuo fratello invece, quello morto di polmonite, non ha mai lavorato. «Era nu velo ianco ca tutti vuleveno spurcà» disse cupamente una sera tua madre prima di ritirarsi a dormire in dispensa dove sorvegliava la schiusa di non so quante uova – riferendosi, credo, al fatto che era un po' svantaggiato mentalmente.

Di notte indovino le cose (i neuroni si acutizzano mentre il pene si erge autarchico fiutando piste misteriose); i tuoi cognati sghignazzavano in circolo, si buttavano via dalle risate parodiando un motivetto: «tu passe e spasse sott'a 'stu balcone ma tu si' ricchione | tu nun conosci 'e femmene | te piace 'o pesce ggiovane...». Lo sai a che mi riferisco.

Navi grandi come palazzi incrociavano sul mare scuro per entrare e uscire dal porto: se le guardavo sembravano ferme, ma riguardandole dopo un po' avevano cambiato posizione; i due faraglioni fratelli, di notte, esalavano vapori lattiginosi e parevano termitai africani spalmati di fango secco. Una domenica i tifosi della Nocerina ti strapparono la giacca, ma quello che ricordo con più precisione è il lunedì, l'ultimo: a Vietri pioveva e di fronte, tra le banchine e le gru, si vedeva l'occhio del sole. (Quando la luce tira le sue somme, non è vero che il lato sul porto sia tanto più brutto dell'altro, anzi è quasi il contrario.) La famiglia t'aveva accordato quattro milioni in acconto di future eredità; stavamo distesi sulle sedie a sdraio al riparo della tettoia, io sbadigliavo come da poco mi riconoscevo il diritto di fare. «Mi proteggerai?» m'hai domandato a bruciapelo e io mi sono sentito il padrone del mondo, tipo il leone della Metro Goldwyn.

*

Roma. Non potevo lasciare i calzini per casa che me li ritrovavo lavati e rammendati: la vostra cooperativa aveva deciso di prolungare fino a tutto febbraio le vacanze, «scadenze immediate non ce n'è, a star lì con le mani in mano si diventa cattivi, meglio sbrigarsi dopo, tra l'altro si risparmia sul riscaldamento». Più il mio attrezzo se la cavava egregiamente, più lavavi e stiravi con impeto: chi l'avrebbe detto che l'impeccabilità delle mie camicie sarebbe stata la misura del fulgore... un'intera distesa di trofei che sventolano asciugandosi. Che meraviglia essere maschi: ho chi mi cura e mi accudisce, e il prezzo da pagare è fare una cosa che mi dà piacere.

E come cambia, il cervello: ero contento adesso di vederti mettere la casa sottosopra. «L'accidiosa bolla di misticismo culturistico» mi stupivo, «che costituiva il mio logo, quel pretendere di beatificare il rancore, i cumuli spropositati di carne muscolosa che veneravo come ornamento d'inferiorità, ormai non sono che un'eco lontana, un errore che m'hanno raccontato». Sbuffavi come mia madre; toglievi le chiazze opache che si formano sui vetri quando ci appoggio i capelli unti lottando col vocabolario. La tua sella rotonda era una luna di cui mi sentivo perfettamente all'altezza. Il pavimento luccicava come uno specchio, non ti tradivo più sognando i cottages su «AD» perché tu eri l'origine di tutte le case; avrei voluto metterti incinta e vederti trafficare col pancione. L'unico oggetto che sulla terra ingrossandosi diventa leggero («no, anche i palloncini») mi permette di penetrare dovunque con l'immaginazione perché sono parte io stesso, con infinita tranquillità, di quello che immagino.

Ballerebbe benissimo il nuestro
niño, ereditando da te
i piedi aztechi, il sangue coraggioso;
da me forse l'esatta

geometria – alto come un pollice
non direbbe che il poco è molto:
aspetterebbe l'estro nel suo covo.

Se il mio seme, fatta
pulizia, senza inciampare nel troppo nuovo –
riposasse nel folto
del tuo ventre, in natural canestro...

19

Quando l'annata è stata buona, l'universo può riposarsi – e anche noi. Mimmo è talmente vita, pensavo all'inizio, che per forza non capisce l'arte («assomiglia a Caravaggio, vero?», «sì oddio, anche questo è dipinto a olio...», «fai di tutto per umiliarmi»); mi venivano in mente aggettivi di scherno, come "diligente" e "remissivo", quando andavamo ai musei o visitavamo le chiese. Poi mi sono accorto che i quadri e le statue non si ribellavano se tu gli stavi di fronte (come si ribellano invece molto spesso alle persone istruite); m'allontanavo da una cappella laterale dove deperivano un Pomarancio o un Pinturicchio, e il tuo «spegni la luce» pieno di rispetto e di sollecitudine era più vicino alle radici della bellezza di quanto non lo fosse il mio fagocitare ingordo e maleducato.

Era una festa ormai andare a Firenze con te, e quella volta s'era aggiunta la baldanza del filo che non mollava, delle orme che imprimevo sicure sulle orme dei predecessori. Su al Piazzale, a un tavolo all'aperto nonostante il solicchio slavato, avevo chiesto della frutta e ci avevano portato delle susine d'importazione, di quelle che vengono da Israele e maturano in frigorifero; troppo lucide e invulnerabili, ma erano pur sempre le prime susine dell'anno, così buttai il nocciolo dietro le spalle ed espressi il desiderio. Non quello di sempre («imparare a scrivere»), ma con mio immediatamente postumo rammarico e senza rifletterci «rendere felice Mimmo». Più tardi, scorrendo il cielo tramato di capillari tra le funi dei glicini, su un'altana dietro l'abside di Santa Felicita, «il possesso è un permesso», mi fulminò – e mi parve d'intendere il germinare della pietra e la simmetria dei cereali, sicché «denuncerò il mondo per plagio», conclusi rilassandomi.

«Bruciala con chi ami»: sciame
perverso di sillabe – idolo rosso
per anni sugli scaffali. Nessuno
così bello da meritare il rito.

Non questo voleva l'india, ora
lo so: ora che il rogo brilla

gemello sul comò. La candela
sfrangiata siamo noi, bruciare

non era un alibi, è un diritto.
Da noi esce la cera calda, la
cerimonia è quella che si celebra

ogni giorno, versandoci l'uno
nell'altro: più l'idolo si sfa
più il resto si consolida. Amen.

Nel gennaio del 1991, mentre la guerra del Golfo dimostrava anche ai più stupidi come stessero le cose, mi trovavo in Belize, nel distretto di Cockscomb – un cripto-gigolò m'aveva assicurato che su una montagna si svolgevano, dal tramonto all'alba, rituali orgiastici legati a una dea pagana. Ricordo un bananeto in cui lasciare il fuoristrada e un ruscello che si doveva guadare scalzi, al di là del quale cominciava il territorio divino. L'immagine scolpita della santa, o dea, a gambe incrociate e in legno a colori pastello, stava a guardia del fiumiciattolo mentre un cartello diffidava dal girellare da soli per la zona, declinava responsabilità eccetera. Per tutta la notte mi lasciai attrarre dai fuochi e dalle voci, vidi un cerchio di fiamme dove una santera che parlava roca come un'indemoniata disegnava figure intorno a un atletico inarcato a ponte e con la bava alla bocca (all'alba si rivelò essere un ingegnere di Belmopán che era arrivato in pullman e che annualmente partecipava alla cerimonia per essere promosso a un grado più alto d'iniziazione). Le santeras bevevano litri di tequila e di cachaça pur restando perfettamente sobrie; nel pieno dell'esaltazione collettiva, in una radura del bosco, una bambina di circa tre anni s'era avvicinata troppo al paiolo dove bollivano le patate, allora un ballerino con gli occhi sbarrati l'aveva abbrancata sotto le ascelle, scostata con dolcezza e messa al sicuro, poi aveva ripreso a ballare senza perdere la trance. Quando già la prima aurora s'infiltrava tra le palme, la santera che m'aveva percepito desiderare l'ingegnere venne da est verso di me, mi regalò una candela a forma di omino rosso con lo stoppino alla sommità della testa e sfregandomi cornea contro cornea, grinzosa e puzzolente, biascicò «enciéndela con quién amas». Una farfalla nera mi si era intanto posata sulla spalla sinistra.

Dopo cinque anni di polvere su uno scaffale (nemmeno col Bassetto ero stato tentato di riesumarla), lo scorso diciotto gennaio ho deciso che era giunto il momento di bruciarla con te; non so che ci fosse nella candela o nello stoppino, ma bruciava con straordinaria rapidità e la fiamma a un certo punto si divise in due corni. Il tuo commento («che bello!») era il solo degno d'indossare abiti così solenni, avevi gli occhi pieni di lacrime ma non stavi piangendo – non c'erano più remore né riserve, la normalità era dunque così facile, ogni molecola di tempo fluiva nell'astuccio della successiva, una cometa dava di gomito alla stratosfera perché si lasciasse convincere ad aprirsi, ora o mai più. «Come se in te scopassi tutto il mondo.» I pensieri finirono. Non restò che l'irruenza del sonno; la mattina ci ritrovammo con la luce accesa in cucina e il lettore di compact caldissimo per aver funzionato tutta la notte. Steso su un fianco t'abbracciai da dietro e ti diedi la risposta che era una domanda, la domanda che era una promessa, in una lingua che finalmente mi sorpassava: «Mi vuoi sposare?».

Momento chiuso e perfetto, come negarlo? Ma a quanta miseria presente può rimediare un ricordo? Senza contare che rispetto alla dose standard d'erotismo che viene profusa, mettiamo, durante il viaggio di nozze d'un *normale* vero, le nostre non sono state che briciole (quei due a Venezia che sfondavano la parete, sei volte in una notte!) – come il nostro tenore di vita confrontato alla *vera* ricchezza.

20

Quindi è stato del tutto conseguente e per niente ridicolo che il viaggio in Marocco (anche se non era il primo che facevamo all'estero) diventasse il nostro viaggio di nozze. Quel non badare a spese, quell'alzarsi alle undici rischiando di non portare a termine le tappe perché veniva buio presto, quell'inconscio cercare qualcuno che si rallegrasse con noi. (Al matrimonio tradizionale, a Fès, le ragazze interruppero i loro ululati per imboccarci col piccione alle mandorle.) Tu credevi a tutto, anche allo shampoo fatto con scagliette di pietra, ma alla fine fui io a restare turlupinato. Sui tornanti d'una montagna color indaco, dei ragazzini si sporgevano dal bordo della strada offrendo non fichi o datteri ma frammenti di roccia: quei sassi tondi e grigi, senza attrattive esteriori, che spaccati rivelano tesori di cristalli luccicanti. Uno in particolare mi colpì, una calotta emisferica imbottita di tetraedri rosso-sangue da cui il sole traeva barbagli dorati; lo comprai per duecento dirham, mentre commentavi «sei così anche tu, ad aprirti sei pieno di cose belle», facendo del Platone senza saperlo. Poi si scoprì il trucco, che non era vero cinabro e ne trassi per me auspici non buoni.

Ma per parlare solo delle cose che non si possono riassumere in una canzonetta, parlerò del ping-pong e della bambina senza un rene.

A Essaouira mi sono reso conto, giocando a ping-pong con te, che sapevo schiacciare: io vecchio pallettaro che ho sempre battuto gli avversari per sfinimento, a forza di cercare le righe e d'arrotare il rovescio (mi definivo, nobilmente, "un giocatore di rimessa"). Non che mi fosse ignota la meccanica del gesto, ma non avevo mai avuto il coraggio d'applicarla. D'improvviso, quel pomeriggio, germogliò un vettore che andava dalla mia racchetta alla tre-quarti-campo avversaria, come se la pallina fosse telecomandata. Dopo la prima azzeccata ce ne furono una seconda e una terza, finché mi sentii completamente padrone del movimento: ero così contento che improvvisai sul prato un balletto alla Dumbo, tra lo stupore dei turisti danesi. Era facile, in realtà: il segreto stava nel fatto che con te non mi sarebbe importato di perdere.

La bambina sbucò d'improvviso da un vicolo, dove c'eravamo fermati a fotografare dei ragazzi e il loro colpo d'anca per avvolgere il filo intorno al fuso; pretendevano soldi per la foto, formavano con le braccia una rete che la bambina scompigliò correndo – piegata su un fianco e con la bocca aperta senza emettere suono, come se avesse male alla milza. Indossava un vestitino abbottonato sul dietro e tra i bottoni traspariva una lunga cicatrice; spiegò in un incerto francese che le avevano tolto un rene e con quel difetto nessuno le avrebbe mai dato lavoro. Si preparava con serenità alla sua vita di mendicante. Allora ti sei seduto su un muretto di terra rossa, con la bambina che ci scrutava sospettosa in lontananza, e piangendo hai detto «non ci voglio più stare qua, mi sballano il cervello, per favore riportami a casa».

Mi tocca fare l'esperto
nell'infarto della medina, tra
asini cionchi in odore di zenzero
e di menta recisa – a evitare
che ti accolli tappeti, ricattato
dalla partita doppia
della mano sul cuore, della vita a quintali.

Io che non so nulla di nulla
nemmeno se sia lecito in cambiali
d'amore liquidare la prudenza...
Né dove vada il fennec, volpicina
orecchiuta che traversa la strada:
se tana chiama tana
o ha credenziali per lo scoperto.

Io che mi lascio fregare
dal quarzo tinto con la polverina;
io convocato a corte
dal visir, non per il mio corpo
ahimè, ma per la mia parlantina.
Questo solo intuisco, che senza land-rover
o borracce speciali, entro in te

(anzi in noi) come si mina un deserto.

*

27 febbraio '96

Si può nascere piano piano, con la stessa lentezza con cui s'invecchia? Perfino quando siamo nati davvero, venticinque o trentotto o sessanta anni fa, non è stato anche quello un invecchiare troppo, e morire dopo nove mesi, uscendo dove non sapevamo più nulla? Non mi raccapezzo più, qualcuno m'ha impiantato cellule che non erano inscritte nei miei cromosomi.

Man mano che s'impratichiva nell'agricoltura, Adamo valutava i vantaggi della nuova vita: "oltre ai frutti che si ricavano" pensava, "ci sono queste bucce che si staccano dal cervello, che forse l'angelo le minacciava come un castigo; invece non ricordare asciuga e fa bene, la spada dell'angelo non indicava un'uscita ma una direzione, tra le piante da coltivare c'è anche questa dalle grandi foglie azzurre che è la dimenticanza".

Al contrario di me, che per dormire ho bisogno d'isolamento, Mimmo dorme meglio se tocca un altro corpo, se tiene un peduncolo aggrappato alla colonia. Gli sfilo il giornale da sotto la testa, spengo la luce col gesto di chi taglia il traguardo (o inaugura una fiera). Sta lì con un ginocchio piegato, il profilo da Cary Grant ricaricabile a ogni turno di sonno, le pieghe oblique che conducono all'inguine: un campione dell'universo, tiepido, disponibile. Dopo che avevamo fatto l'amore, mentre ciottolava coi piatti di là, mi sono sorpreso a starnutire rumorosamente come faceva mio padre e mi dava fastidio quando lo faceva.

"Campione" inteso come "frammento prelevato da una quantità uniforme", non come "atleta che eccelle" – lui non è perfetto e quindi non serve per distruggere. Amando lui non si può essere che mondo: non contempla alternative, come l'acqua non può scegliere se essere composta d'idrogeno e d'ossigeno. Se mi sporgessi dal mondo com'ero abituato a fare, subito smetterei d'amarlo. Quando in paradiso si svolge l'annuale distribuzione dei corpi e delle anime per il popolamento di quaggiù, c'è sempre qualche neonato che riesce a nascondersi ai funzionari del catasto, sostituendo a se stesso un vano simulacro e sottraendosi agli obblighi di leva – Mimmo è salito dalla terra al cielo per darmi la voglia di scendere, a me decano degli imboscati.

Al mondialismo non si sfugge. Anche la natura dipende da una rete di rapporti gregari: perfino l'aspetto delle Dolomiti dipende da dove le comunità di molluschi del Cambriano decidevano di svernare. Un'unica società, la nostra, sta diventando il traguardo a cui tendono tutte le altre. Le diversità sono residuali e solo chi è preso da una smania velleitaria d'opposizione può sopravvalutarle.

La mediocrità è comprensiva, benevola, volonterosa – sempre disposta a considerare gli altri (tranne un'infima minoranza) come fratelli.

La mediocrità è compagnona, adora il buonumore, il divertimento, lo spettacolo; la mediocrità ama la vita; facilmente riconosce l'esistenza di esseri superiori e vi si sottomette, perché sa che gli esseri superiori saranno buoni con lei (e moriranno presto).

La mediocrità è fiduciosa, simpatica, apprezza i sentimenti – è indulgente nel valutare e sceglie sempre la strada più umana.

La mediocrità vuole la pace, smussa i contrasti esasperati e ha fede nel buonsenso delle parti; sa che dalla violenza non c'è niente da guadagnare e che il bene proprio dipende dal successo del sistema.

La mediocrità è generosa, non pretende di concentrare l'energia su di sé ma lascia che l'energia si diffonda dove la resistenza è minore.

La mediocrità è flessibile, la mediocrità guarda avanti, la mediocrità collabora.

Alla mediocrità appartiene la quiete dell'amore corrisposto: non rifiutiamo dunque d'essere felici, se è questo il nostro contributo alla causa.

21

A marzo la cooperativa non ha più riaperto: un grosso incarico da parte della San Paolo Film, su cui puntavate tutto, è saltato perché Celentano è quel sòla che è – le banche hanno voluto verificare la vostra solvibilità ed è stato il crack. Quello è un ambiente che se cadi gli amici corrono a calpestarti. Tu non sei nato per vivere coi lupi («occhi da lupo, da santa e da saraceno» ti disse Anna Maria Ortese quando venne a mangiare al vostro albergo con la sorella). Un collega aveva fornito lui le garanzie sui suoi beni personali, la firma era sua e le banche si sarebbero rivalse soltanto su di lui, ma l'idea d'abbandonarlo al suo destino non l'hai presa neanche in considerazione: hai versato i quattro milioni ereditati dai tuoi e il resto ho dovuto rimettercelo io. Mi vergogno a confessartelo, ma ho fatto il conto di quanti rapporti mercenari mi ci sarebbero venuti con quei soldi che se ne volavano via in un colpo solo.

La musica della risacca non s'è interrotta, però: «ti do solo preoccupazioni» dicevi, «soddisfazioni neanche una» e t'addormentavi catafratto come un lattante. «Almeno c'era la dolcezza del mantenerti: adesso la nostra vita è così inutile che siamo mantenuti tutti e due da qualche capitalista della noia.» Ringraziavo il sesso che si riformava ogni mattina alla superficie del latte, come si ringrazia un ritornello d'essere sempre uguale.

Perché i tuoi sì sono come le federe:
più dilaga il festival delle T-shirt
sventolanti sulle cupole della città

più il mio imperio s'impone.
Ma ti prego, quando il vento cade
fa che la mia disperazione

sia leggera come i panni che stendi.
Sbianca col tuo additivo la verità:
non stancarti di chiedere.

M'ingozzavo delle tue ghiande come un maiale. La parola "nostro" mi spaventava come una minaccia d'infezione, ma mi eccitavo all'idea di un essere mostruoso con quattro gambe, due cazzi e un solo fegato. Solo una volta m'è scappata – ero esasperato dalla tua eccessiva cura per i pasti, neanche fossimo al *Grand Hotel* (il pecorino per la gricia, il vino giusto, la buccetta grattata di limone...), hai fatto volare nella spazzatura un cartoccio di vongole che sospettavi guaste e m'è proprio scappata: «butta butta, tanto paga Gesù».

Apriti cielo. T'ha preso l'ossessione dell'impiego, minacciavi di fare l'uomo-sandwich, la colf, il disinfestatore di acari, il raccoglitore di kiwi. Sembravi ammattito. Compravi tutti i giornali coi concorsi, battevi le portinerie. La domenica andavamo in via Nazionale a guardare le vetrine e ti segnavi i numeri di quelli che cercavano commessi. In casa volevi renderti utile. Riparavi il tostapane e danneggiavi il registratore, non per niente da piccolo ti chiamavano "revuóto". Hai tentato di vendere dei corsi di training autogeno in cassette e prima di scoprire che era una fregatura hai coinvolto due colleghi della cooperativa. Volevo solo che ti calmassi. Tornavi con un angioletto di ceramica taccheggiato in un negozio del centro, «a rubare ho imparato da te» (era vero, purtroppo); fissandoti la pista chiara sulla nuca pensavo: "questa felicità che m'autoinfliggo" – mi veniva in mente il capitombolo di Scipione sulla spiaggia africana e ironizzavo «ti tengo, convivenza».

La sera ti riprendeva la fissa («non voglio che mi conforti, mi fai stare peggio»), non ti distraevano più nemmeno le beghe universitarie, cronache comiche che aspettavano di diventare battaglie civili: lo scandalo dei cestini d'oro, la lotta senza esclusione di colpi tra i due docenti di storia delle religioni, i verbali trafugati. Mi chiedevi se c'erano posti di bidello. Ci corazzavamo d'esterno perché qualcosa aveva ricominciato a non funzionare nella nostra carnalità; niente invecchia precocemente come la perversione condivisa e niente è più ridicolo dei suoi strumenti che seccano al sole, se l'ubriacatura è passata. E mai, mai cercare di recuperare la spontaneità rincarando la dose. Uno spalmìo di feci.

Alla fine c'è venuta l'idea, e meno male, d'utilizzare il tempo della disoccupazione per preparare la maturità; un impiegato ha chiuso un occhio e abbiamo presentato la domanda già scaduti i termini. T'ho disegnato le "ville della memoria": a ogni stanza e a ogni angolo del giardino corrispondevano un'opera o un avvenimento importante. Nelle cucine c'erano i drammi di Shakespeare, nell'aiuola di destra i quadri di Poussin. Portavo al granaio della *mia* maturità le spighe d'una paternità di contrabbando; come si dice in latino «ti amo da impazzire»?

Ritrovavo qualcosa di bello nella zona sopra il ginocchio, qualcosa che in Marocco s'era arrotondato per me: il piacere di sistemarti la vita. «Una grande luminosità» era tutto quello che ricordavi del viaggio; anche mio fratello quando parla dell'attrice messicana che ha amato parla di una «grande luce» («se sei stato sull'Everest, non te ne frega mica più tanto di scalare il Cadibona»). Perché a me invece non vengono in mente che caverne? Io minatore ottuso. Per me il verbo “possedere” è come quei gas che usano i naturalisti per intontire i rinoceronti e applicargli le placche magnetiche che ne segnaleranno gli spostamenti. È questa la libera circolazione di realismi?

«A trent'anni sarò al top» dicevi spogliandoti (già dimentico delle lagne per l'abbronzatura persa e i chili messi su) e in un biancore sodo apparivano, uno dentro l'altro a cannocchiale, tutti i fianchi che avevano procreato nei secoli. Prevedendo il tuo fiato pesante dopo tante sigarette, «bisogna allenarlo» m'incitavo, «bisogna addestrarlo con veglie, violenza, rompergli la compagine delle ossa e disarticolargli le giunture come ai piccoli acrobati». Non era a te che mi riferivo ma al mio tirocinio d'integrazione. Ti commuovevi guardando gli emigranti che singhiozzavano a grappolo, facevamo l'amore davanti allo schermo acceso e il miracolo riaccadeva. Come se Cristo fosse andato a passeggiare tutte le sere sul corso di Cafarnao e avesse guarito la sua dozzina di paralitici, o ridato la vista alla quota abituale di ciechi.

Le pulcinelle di mare
hanno una specie di berretto frigio;
tagliano il temporale
per dovere d'ufficio;
non credevo che il colore
della rivoluzione fosse il grigio.

*

Neanche quel giorno avevo
cavato il ragno da un buco:
fine dell'ansia, sollievo
dell'acrobata caduto.

*

Il tuo viso mentre dormi
non è lontano dalla perfezione:
dunque il peggio a cui debbo dispormi
è la guarigione?

A Gaeta, all'inizio, sono stati gentili, ci han fatto trovare perfino una bottiglia di spumante nel secchiello; avranno creduto che la camera doppia fosse per me e la mia signora. Appena entrato nell'auditorio mi sono detto «eccola, la mia gente», mentre tu m'aspettavi in albergo – non credevo d'avere tanta nostalgia delle sottigliezze ermeneutiche. Mi sono vergognato di lasciare la discussione per venirti a prendere, come il maritino troppo debole che non sa imporsi alla mogliettina sciocca.

Ma la mattina dopo ci siamo scambiati confidenze di dolce intimità, tra i camerieri in giacca bianca («pensa se potevamo starci noi in questo palazzo, senza i proprietari», «non elemosinare»). È cominciata la sessione: loro non lo sapevano e non gliel'avrei detto nemmeno se m'ammazzavano, ma tu m'avevi sentito tutta la notte scrivere in bagno con la luce accesa, per prepararmi e non fare brutta figura. Me l'avevano promesso, che tra una relazione ufficiale e l'altra avrebbero trovato dieci minuti per il mio intervento; invece la pausa-caffè si prolungava ben oltre i tempi previsti, chiudendomi ogni spiraglio; la mia preghiera di rimandare un relatore al pomeriggio fu respinta con decisione dal professore in capo (il "vecchio maestro"), arroccato a difendere le minime scansioni del rito. Chissà che l'inflessibilità non mascherasse un dispettoso gusto, a sgravio d'antichi livori (la conservo ancora, in un cassetto, la lettera in cui m'avvertiva «non andare in giro a dire che siamo litigati, perché ti smentirei») – commovente rigidezza d'un infelice, che ha sempre dovuto pagare cento per avere dieci.

Garbugli a cui non volevo mischiarti, ma che ero abbacchiato non potevo nascondertelo. Tra le curve della litoranea, in vista di Sperlonga, ti sei fatto spiegare su che vertesse l'unica sparuta obiezione che ero riuscito a piazzare il primo giorno e m'hai assicurato «sì sì, allora era quello, c'erano due studentesse dietro di me che dicevano ha ragione Siti, il personaggio conta più della trama» – disposto a mentire, spudoratamente, pur di trovare un appiglio che m'addolcisse la pena. Mi sono venute le lacrime agli occhi, quella tua sola piccola invenzione pesava più di tutte le teorie sfoderate al convegno.

22

19 marzo '96

«Ah sei tu Walterino... (il solito misero sobbalzo, e commovente inciampo del respiro)... non ti sei più fatto sentire.»

«Come va?»

«Eh, si sta soli come una stella cometa.»

«Non sei andato in Svezia?»

«Là c'era ancora inverno, siderurgico, adatto e no. Metti il cazzo nel microonde, c'erano dei vapori, mosche d'un metro e novanta: sto vivendo il mio momento magico, fisicamente.»

«Hai ritrovato lo sprint...»

«È venuto Faraghino a mezza cottura, quando chiava ti vien voglia di prendere appunti, ha un culo che canta l'Aida.»

«Smettila, Giulia m'ha detto che con gli altri parli normale.»

«Con gli altri devo tradurre, da quando andavo a scuola, io penso così, non lo sai? Solo con te posso parlare la mia lingua, piedannusi, non t'illudere che non ti mollerò mai.»

«L'importante adesso è che ricominci a lavorare.»

«Il sole ha già passato la mezza età, dobbiamo tutti preparare le valigie, ah ah. Vedessi come si bucano nel ghiaccio là, meglio di tanti filosofi.»

«Non avrai fatto anche quello, spero.»

«Nel sangue degli altri ci ho sguazzato tutta la vita, camilla se m'impressiono. Che si può fare il chirurgo perché nessuno t'ha mai voluto bene questo no, eh, questo il tuo amichetto non ci arriva a pensare.»

«Non giocare alla vittima, non ha mica avuto una vita facile neanche lui...»

«Io posso rammendare adesso, fare l'uncinetto e il punto spiga, ma mi dici per chi?»

«Perché, Amedeo, prima lo facevi per me? Sii sincero, semmai lo facevi contro di me, per dimostrare che eri più bravo.»

«Ercoli peggio che a Berlino e a Barcellona, anche a te ti sarebbe venuto lo strabuzzo in bocca, se ce l'hai ancora l'organo, un girasole grande come un setaccio. Faragh ha avuto il coraggio di dire "è spoetizzante", ti rendi conto, uno che a metterglielo dentro è come visitare la Sistina. Ma come si permette, è che saranno anche in Aids conclamata ma sono sempre delle parrucchiere...»

«Non ti senti ridicolo a vestirti leather?»

«Bisogna suturare l'orizzonte prima che venga buio; c'è un grossista di legname di Sirmione che si compra dei culturisti col camion e poi lega la moglie...»

«Non lo voglio sapere, ti prego.»

«... e mentre se lo inculano uno dopo l'altro lui guarda negli occhi la moglie e dice "te non ciài niente per far contento un uomo, niente" – una volta lei è anche svenuta, e con un coltellino le fa un'incisione d'un mezzo centimetro sotto la mammella e aspira dal meato come se succhiasse il latte, e viene così. Dopo che hai fatto questo, cosa torni, a dire buongiorno infermiera, mi faccia vedere la circolare del ministro?»

«Stai alludendo a me?»

«Tu credi, balenotto? Sei così astronomico che la banalità ti sembra una cosa grande, come il rospo che ha visto la mongolfiera; è umano, non ce l'ho con te e neanche con quel burinello del tuo amichetto, che dev'essere uno che va a rimorchio, tanto gli farai quello che hai fatto a me, l'ammazzerai con le parole.»

«Non è uno che confonde i libri con la vita.»

«Te la sei trovata una bella pelliccina calda, eh, e a me m'hai lasciato al freddo, pedala tamburino.»

«Tu non lo sai nemmeno che significa avere problemi reali.»

«A me mi sono sempre piaciuti i retrobottega; che pena l'affetto guarda, se ho voglia d'un gatto me lo faccio di cartone; forse aiuto gli amici di Faragh a mettere due o tre bombe, loro con la loro religione si esaltano e tanto a me che mi fa?»

«Sei tornato a prendere il posto di Dio.»

«Basta che non mi dicano "mi raccomando", vengono tutti prima e dicono "dottore mi raccomando", per cosa, per il loro paparuccio e la loro colombina, io magari sto spantegando dietro a uno che ha due cosce come due botti, vendita e sorbello... ma quando mai qualcuno me l'ha data a me, la fiducia?»

«Non è vero, te l'hanno data in tanti, se no non saresti primario.»

«Dobbiamo farla finita con 'sta pomata delle vite da salvare, alla fine si spenderanno miliardi per qualche vecchio rimbambito; ormai con la ricerca che c'è si potrà sempre salvare la vita a qualcuno, basta pagare. La medicina i diritti se li fa fritti.»

«Dare fuori di testa non aiuta.»

«Io ho una strada nel ghiaccio, Oscar lo sa trallallallà, pardon duchessa, il mio traguardo è disperdermi nell'ambiente; credevi d'avermi imbandierato invece sono molto più avanti di te, molto più avanti.»

«Certo hai più pazienza d'un esquimese, ma non ce la farai a staccarmi da Mimmo; se è il tuo progetto scordatelo, non ce la farai.»

«Per fortuna ci sono le formiche in cucina, qualche volta ci do il baygon ma qualche volta mi fanno compagnia... Walterino per favore vienimi a prendere...»

«Non frignare anche oggi, dài, fai finta che questo sproloquio non ci sia stato, non dare retta alle mie ritorsioni cretine.»

«M'avevi abituato a un livello che non m'accontento più di persone ovvie, non ci voglio tornare nella gola del pesce: siamo aborti e da aborti dobbiamo combattere...»

Irreale, lugubre Amedeo: non gliel'ho detto che l'altra notte ho sognato di prendere un caffè con lui e che ce lo servivano accompagnandolo con bracciate d'erba fresca.

*

21 marzo, san Benedetto

«Siccome che io me so' sempre comportato bene, so' sempre stato onesto co' lei, nun me so' mai approfittato de gnente n'aa vita, mo' all'otto e mezzo de sera me dice devo da uscì, ma 'ndo cazzo vai, tutt'acchittata, me pareva Zorro, e su' madre a teneje er coso, dice a mi' madre è mejo se quei due 'a finischeno sinnò è 'na rovina, è 'na rovina sì, m'ha rovinato 'a vita e se l'è rovinata lei, perché si la vedo 'a sveno.»

«Te l'ho sempre detto, che non era adatta per te.»

«Dice che io so' rozzo, che nun se sente realizzata, ma realizzata de che, 'na vita piatta de che, ce potrà esse 'na quarche stronzata ch'ho commesso, però ne parlamo, eccazzo, hai paura de prenne du' sganassoni, ne prenni anche tre però ne parlamo, ma così de punto in bianco, per me li sentimenti so' tutto, io me so' fatto un culo così, dice che je piace d'annà a ballà, mo' vado a scola de ballo perché a lei je piace, seh, arivo a 'e nove, co' du' rosette sole a mezzoggiorno, er peso de l'allenamenti pure, ché posso annà a ballà? lei se vennerebbe tutta 'a Magliana, si sarebbe sua, pe' 'n vestito, a Wàrtere, pe' colpa che a 'e donne je piaceva de vestì bbene a Roma ce so' stati li schiavi, dice che so' sciatto, seh, mo' prenno l'appuntamento dar parucchiere, me faccio er ciuffo alla Biùtiful, l'amichi me dicheno ma che tte sei rincojonito?»

«Sai quante ne trovi, meglio di lei.»

«No, carina è carina, ma io ciò n'antra idea.»

«Col tuo fisico, rilàssati...»

«'E donne so' complesse, vabbe', ma lei nun m'aa conta giusta, a me me sa che è p'aa storia d'aa cortellata, d'oo scippo là, che da quer momento nun me considera più n'omo, a

Wàrtere t'oo giuro, aiutame te, ciò 'a capoccia, sai come ce l'ho, offuscata, dice che è pe' er contrario, che nun j'ho mai dato tenerezza, io nun so' abbituato a fà 'e smancerie però nun j'ho mai fatto mancà er debbito, 'a portavo pure a magnà ar Giardinaccio, ma che ne so d'aa tenerezza, d'aa durezza, si je rode er chicchero de quarche cosa m'oo deve da dì in faccia, nò uscì e poi me telefona er padre, aóh! ce sta pure che s'è trovata er sollazzo notturno, io nun ciò tempo da controllà, e quanno che sto sotto a'a gara ce'o sai come me trovo, pe' 'e pasticche, pure, si nun ce'o sai te, che 'o zorfanello nun s'accenne, ecco come me trovo, poi dice che uno è vorgare, ma sinnò perché, de punto in bianco, era mejo se stavo co' n'omo che co' qu'aa mignotta, è che so' troppo onesto, comunque con qu'aa stronza è finita, piuttosto me faccio 'na cifra de pippe, dentro de me pò rimané 'n dolore, ma pe' lei è finita e pure pe' qua' articolo mortis, che forse ho capito con chi s'è messa, ciavrà 'e dote anniscoste ciavrà, si 'o trovo j'apro 'na finestra abbusiva 'n fronte.»

Non potrò favorirlo per la raccomandazione che m'ha chiesto, aveva sentito parlare d'un esame (anche lui!) ed evidentemente pensa che tra intellettuali ci si conosce tutti, compresi i colonnelli dei carabinieri; vuole entrare nell'Arma da quando non è stato capace di difendere la fidanzata da uno scippo, li hanno aggrediti di notte («me so' sentito 'na scossa da mille vòrt, me credevo ch'avevo pistato 'n filo scoperto, j'ho detto Cristiana stamme lontano che te prenni 'a scossa, poi me so' girato e ho visto er cortello, m'è venuta, mezza sfocata, la foto de mi' madre e ho reaggito, ho detto perderò tre o quattro dita ma er fijo a mi' madre j'oo sarvo, j'ho preso er cortello p'aa lama ma m'ha tirato du' carci e è scappato c'aa borza; m'ha preso ner momento che nun ciavevo 'a respirazione, io poi a córe nun so' bono, so' pesante»).

Cerco di mantenere astratto il corpo di Pietro, senza zoomare sui foruncoli e sulle vene, per far tornare il teorema – per confermarmi che l'anfibio non è possibile e che solo nella conversione è la salvezza. Gli ho detto che non avevo agganci per aiutarlo e che effettivamente un tempo ero innamorato di lui («m'oo potevi dì, anche te hai fatto come lei che ciaveva raggione allora, donne e froci séte tutti uguali, s'éramo così amichi m'oo potevi dì»); forse è meglio che non ci vediamo più. Avere una familiarità biologica con l'assoluto sarebbe come girare per l'universo in ciabatte. («Il cavaliere prega che gli dicano subito | quale dei due draghi è il più feroce: | perché lì fermo al bivio si sente un coglione.»)

23

Fino a maggio ho continuato ad alternare i versi (che ti versavo, appunto, regolarmente come le rate d'un vitalizio, o come un vizio che lentamente s'esaurisce) alle pagine del diario segreto e agli appunti per un racconto che mi sarebbe piaciuto ambientare a Gela. Freddo insolitamente protratto per la distorsione di correnti profonde nel Pacifico: venivi a curiosare tra i fogli, come il gatto che s'accarezza mentre si sta concentrati a leggere. Era sparita quella tua meravigliosa radiosità nel tagliarmi le unghie; ti trascuravi un po', la canottiera sbrindellata e le mutande penzoloni: «ha uno scheletro volgare» constatavo, «è un proletario dei sentimenti». Tra felicità e infelicità non c'è poi quest'abisso, come non c'è tra destra e sinistra secondo la Confindustria, purché entrambe garantiscano stabilità ai mercati.

Tornati da Gaeta, avevi insistito perché interrompessimo le lezioni («se non perdevi tempo con me, la relazione potevi prepararla prima e ti inserivano ufficialmente nel programma») – non puoi negare che ho cercato di impedirtelo in tutti i modi, smettere adesso è una follia e chi se ne frega dei convegni, macché: ti sei impegnato con una discoteca, un capannone enorme a Centocelle diventato improvvisamente trendy per via della musica africana e conosciuto come «il Cappuccino» perché frequentato da neri e da bianchi. Ti occupava la notte fin oltre le tre, e la mattina ci tornavi verso mezzogiorno per tenere la contabilità. T'innervosivi ogni giorno di più e la sera t'ostinavi da solo sui libri, senza chiedermi aiuto anche quando eri così intontito che le parole ti ballavano sotto gli occhi. Come per farmi pesare il fallimento che si profilava inevitabile, ma anche, malignavo, come se ritornassi nell'alveo di un'atavica antipatia per la cultura, brandendo come scusa la dedizione d'amore.

Devo confessarmi colpevole di prevaricazione intellettuale: nella prima versione del libro, quella che hai letto un anno fa, t'avevo convinto che non ti regalavo la nostra storia ma una forma: volevo rassicurarti che le cose crudeli che andavi leggendo erano motivate da una necessità espressiva, stilizzate per creare tensione e conflitto. Che erano esagerate e artificiali, insomma. Per dare credibilità alla mia finzione di fiction, avevo congegnato una struttura a flashback e m'ero inventato qui, a questo punto della vicenda, una tua reazione forte: che ti ritornava l'anoressia adolescenziale perché inconsciamente non volevi mangiare del mio. Tu sapevi che l'anoressia non t'era tornata, e quindi leggendo potevi credere più facilmente che anche molte delle mie cattiverie fossero finte. Ma ora che il libro è abortito, tanto vale ripristinare l'inerzia dei fatti. E poi diciamolo, anche letterariamente era uno sbaglio perché tu non sei capace di risposte che lascino il segno.

Avevamo sempre meno cose in comune, m'iniettavo consapevolezza in dosi omeopatiche. Ti trovai addormentato su una pagina dell'«Espresso», dove si parlava d'un serial killer d'omosessuali a Roma; mi parve di capire che disprezzavi il mondo (e il modo) in cui ti costringevo a vivere – e che il tuo timore ignorante, da scugnizzo disposto a qualunque bassezza pur di apparire più uguale degli altri, t'avrebbe indotto a decisioni miserabili che m'avrebbero visto in indecorosa ritirata. La previsione che tutto sarebbe durato ancora per poco contribuiva a mantenermi sereno, ma visto che ero sereno perché affrettare la fine? Giravo in tondo, arte in cui sono maestro.

(A proposito d'iniettare: la sera del nostro matrimonio, mentre nel buio sopraggiunto cercavo una coperta per buttarmela sulle spalle e non la trovavo, una zanzara m'entrò nell'orecchio. Una zanzara in gennaio dev'essere alla ricerca d'un luogo per morire, o è stata disturbata nel suo letargo, chissà. Più tardi, dopo che con la cera fusa avevo modellato due cuori, la stessa zanzara, o la consorte, stanca e con un pungiglione lunghissimo, si posò sul rosso e tentò di forarlo. Muta affiora l'ombra della Siringa, la sola cosa di cui non ti parlerò in questo libro – ma non temere, non è qualcosa che vada contro di te, anzi è la dimostrazione che per te ero pronto a rischiare la salute.)

*

Arrivare a Gela non è come arrivare in un'altra città, magari si sarà prevenuti ma lo shock delle case senza intonaco è forte, i vicoli aggrovigliati che smottano in ripide balze, i vani sventrati come dopo un'esplosione, i piloni a vista, i ferri contorti – e la gente ci abita, entra ed esce dai parallelepipedi non finiti o demoliti a mezzo, compra nel crepuscolo oleoso mandorle e albicocche. Te lo gridai subito al telefono, «qui ci sono gli dèi» – come se la quantità si trasvalutasse in qualità appellandosi a un divieto superiore, qualcosa che impedisce agli uomini di radunarsi in sodalizio. A ogni cantone un gruppo d'alpini col mitra. «Questo è west, da duemila e cinquecento anni.» Qui perfino il mare s'è girato dall'altra parte, rabbioso per conto suo; l'individualismo che poi tutti m'additavano come causa, assessori e giornalisti locali. Solo l'avvocato Liardo m'aveva avvertito, sia cauto a giudicare perché qui anche l'aria è doppia. M'aveva colpito il fatto che quando gli avevo nominato tuo cognato, come eravamo d'accordo, aveva protestato di non conoscerlo – poi però era stato cortesissimo, avevamo divagato di lirici greci e di Quasimodo e m'aveva portato al bar dei colleghi a prendere il caffè. Dal suo ufficio si vedeva la colonna dorica del tempio di Atena innalzarsi a fianco della ciminiera principale del petrolchimico, una color miele a scanalature verticali l'altra a strisce orizzontali bianche e rosse, ma identiche di proporzioni e di eleganza. «Le tragedie umane e le ferite, è duro sentirsele gettare sul viso come offese» insisteva l'avvocato accusando i media di mirare al folklore, la mattanza di san Silvestro eccetera. Quando gli chiesi se conosceva mafiosi della vecchia guardia mi rispose no, poveri disgraziati posso presentargliene quanti ne vuole ma di mafiosi mi dispiace non ho pratica.

La notizia del giorno era la morte per soffocamento d'un bambino di venti mesi: all'ospedale non erano riusciti a estrargli una ciliegia che gli ostruiva la gola e i genitori avevano denunciato i medici per imperizia. Sono stato al funerale, ho visto il padre che si batteva il torace e alzava le palme come negli antichi mosaici.

Non avevo mete precise, annusavo qua e là e il tempo non passava mai. Ti chiamavo da una cabina accanto alla gelateria della piazza e la tua voce da lontano era tornata sexy: voce da capperi e da dammusi all'approdo d'una nave oneraria romana – "dieci volte nell'ultimo mese" pensavo, "cioè tutte le volte che voglio, tranne quando ha le scadenze del ciclo". Per la particolare conformazione del golfo, o per le condizioni meteorologiche sul canale, al tramonto il cielo diventava d'un rosa persiano – mi sedevo di fronte alla balaustra del parco e mi dicevo non facciamo coagulare la bellezza. Una sera mi giunse il grido del muezzin, con le *a* aspirate e la cantilena e il resto: ma si trattava d'un ragazzo che gridava «patàti» dall'altoparlante d'un camioncino.

Di lì cominciò il piccolo sotterfugio, perché l'amico che l'accompagnava era un culturista ventiduenne coi calzoncini cortissimi, biondo e denso di proteine, con una patina di verderame e un buffo modo di spingere avanti il labbro inferiore quando pronunciava le *s*; Popolo, si chiamava di cognome. Parlammo, mi feci spiegare il significato dei cinque punti che aveva tatuati alla base del pollice e prendemmo appuntamento sul lungomare per la sera successiva; un lungomare esisteva, dopotutto, un paio di chilometri oltre l'interruzione della frana. Mi raccontò di quand'era ragazzo e correva la Sicilia sul camion del padre: quelli erano veri uomini, se sbagliavi ti correggevano, magari ti tagliavano un dito ma non t'ammazzavano («ti facìanu capiri»), quelli di adesso sono dei meschini che si scantano e ammazzano per centomila lire. Era la prima volta che il caso ci giocava contro, a me e a te voglio dire, e in quelle sere di separazione avevo sempre paura che tu cogliessi nel mio tono qualcosa di falso («perché ti sei portato la crema lubrificante?»). Col body builder delle patate non è successo niente, a parte il conversare, ma il caso forse si vendicherà d'essere stato soppresso sul nascere.

Il guaio di Gela è stato che di mafia all'inizio ce n'era troppo poca: considerata da quelli di Riesi e di Niscemi territorio marginale, non era presidiata a maglie fitte – quando i soldi del petrolio si sono rovesciati sulla zona, è diventata facile preda d'una criminalità di seconda generazione, barbara e senza regole. Com'erano gli altri, quelli dell'interno, ormai non si saprà più; il serpente s'è arrotolato sul libro e nessuno osa metterci la mano.

La proprietaria d'una profumeria sul corso, dignitosissima vedova d'un ucciso dalla seconda mafia macellaia, «il gelese è ospitale, anche troppo ingenuo» ammetteva, «e anche quei giovanotti, mi piombano in negozio con la faccia truce e chiedono 'u megghiu profumu ca cc'è e pretendono di non pagarlo, però se li guardi negli occhi e gli dici te lo do ma domani mi porti le sessantamila lire, nove casi su dieci te le portano». Al telefono ridevi delle mie cantonate: un vecchio aveva accennato che un compaesano voleva cantare a Sanremo e m'ero convinto che alludesse a un pentito, invece il giorno dopo sul giornale c'era davvero la notizia che un pastore di Butera era stato inserito nella preselezione regionale per il festival, sezione nuove proposte. La vedova profumiera mi confermò che l'avvocato Liardo era in realtà l'avvocato storico della mafia riesina e volevo tornare a trovarlo, parlargli di lei per vedere che faccia faceva – ma ti sei spaventato e poi incazzato, secondo tuo cognato avrebbe potuto procurarci un'auto di quelle che saltano fuori dai sequestri di beni e dunque non bisognava irritarlo. M'hai ripetuto «ti prrreeeego» col rumore di chi scuote in fretta orizzontalmente le guance come fa Roger Rabbit.

Il discorso chiaro da fare all'avvocato Liardo era: «guardi che io sto dalla parte dei mafiosi, se voglio incontrarli è per farmi dire le cose dal loro punto di vista e per essere in qualche modo la loro voce» – avrebbe simulato di scandalizzarsi ma poi ci scommetto che m'avrebbe richiamato. Il discorso m'è rimasto in gola perché non mi sentivo libero, mi sentivo *responsabile* per te – non si è mai liberi quando si è in due. Quanto a Popolo, non mi sono limitato a parlargli: gli eucalipti e i pizzi della coperta se lo ricordano ancora.* Non era poi del tutto vero che tu avessi atrofizzato i culturisti col tuo calore di serra – il Bassetto tornando non m'aveva sconvolto perché anche lui non era più nuovo. Non bastano i muscoli, ci vogliono muscoli *freschi.*

* *Nota '98.* Questa è una delle bugie che ho inserito: affetto e puntiglio m'hanno preservato dall'adulterio – Mimmo non l'ho mai tradito *fisicamente*, ma dovevo fargliela credere se volevo disgustarlo di me.

24

Eccola la maturità, nel senso dell'esame. Oggi dall'indiscrezione d'un commissario s'è saputo il tuo voto, che sarà di quarantotto su sessanta. A meno di ripensamenti e aggiustamenti nello scrutinio finale, ma la promozione non si discute. Wow. Quarantotto è molto più di quanto speravamo, anzi di quanto speravo, perché tu non t'eri posto limiti verso l'alto («vedi, sei tu che mi tarpi»). Due giorni d'interrogazione, due ore per volta – nel corridoio ci ho fatto il solco, come il marito d'una gestante al primo figlio. Era il *nostro* esame, come tu l'anno scorso dicevi «liberiamo*ci* dell'ernia». M'affacciavo all'aula dove gli appollaiati si passavano il bignami nello svaccamento dell'analfabetismo sereno («è più d'un'ora, ché, 'o torturano? 'mbeh oh, come privatista cià tutte le materie»); intercettavo al volo il membro interno mentre andava al distributore delle bibite («si vede che è una persona adulta, che ha già una sua cultura»); ascoltavo dall'intercapedine dello stipite se la tua voce era sicura o se cadevano silenzi devastanti, capivo una parola su dieci e mi sforzavo di ricostruire se quell'argomento l'avevamo dissodato o no – cercavo di teleguidarti mentalmente, come i giocatori di bocce, mentre la boccia è in viaggio, cercano d'indirizzarla dimenando la schiena.

Ma la notizia è arrivata troppo presto, ho ancora un pezzo di storia da raccontare. Lo racconto qui in fretta: dopo i silenzi al telefono di quando stavo in Sicilia, cominciasti a fare strane allusioni ai culturisti che la discoteca assumeva come buttafuori; me li magnificavi per saggiare il mio grado di resistenza alle tentazioni. Poi ti lasciasti convincere, troppo agevolmente, a riprendere le lezioni e lo studio a tempo pieno – quelli li molli e ti riassumono quando ti pare, scusa, che cazzo di rapporto di lavoro hai? Dovevi accompagnare a Vietri un ragazzo marocchino che s'era ferito cadendo da un cornicione e non avendo né documenti né libretto sanitario non poteva farsi curare a Roma. A Vietri conoscevi un medico, un amico di famiglia. «Topo, stasera mi porti quest'agenda in via delle Robinie? chiedi di Proietti Gaetano.» Non puoi portarcela tu lunedì? Forse era un trucco per farmi da ruffiano visto che non potevi giovarmi altrimenti – ci andai di pomeriggio invece, in una ripicca di castità, con un riverbero da fornace che faceva vaporare gli sterpi e gli sterri. L'unica frescura era in una specie d'astanteria da cui s'inquadrava l'ingresso del capannone, coi palmizi di polistirolo verde e di juta: «Proietti chi?», «Nucciarello, là, er mezzaporzione», «ah, sta de sopra».

Al secondo piano consegnai l'agenda a un mutilato su una sedia a rotelle dietro un tavolino: «Er pischello nun se rassegna».

«Cioè?»

«Magna pure la zuppa co' li negri, je piace de fà vedé che se presta, boh, nun se contenta, tira, tira...»

«Beato lui se gli tira.»

«Aóh, per quello er fiore m'è rimasto, sa'?»

E così m'ha informato, credendo di confermare: altro che speaker alle Capannelle! Quando t'avevano picchiato già lavoravi lì, avevi imitato la voce del direttore per far riconsegnare a una ballerina nigeriana il passaporto, loro se n'erano accorti quasi subito e t'avevano raddrizzato le idee. Tu e la tua maledetta abilità nel contraffare le voci. Ho salutato il signor Proietti, nell'agitazione di quel che avevo saputo ero incerto se dargli o no la mano e ne è risultato uno sfioramento ambiguo («nun toccà le dita dell'altri, te»); ho sceso le scale con la coscienza in tumulto – agire è come vedere nudo Dio. Non te l'ho mai detto d'avere scoperto il tuo segreto («Tu vivi nel mondo dei sogni» mi risponderesti), te lo dico adesso nell'ora del tuo trionfo.

Cercavo di teleguidarti mentalmente e ripetevo con te ogni risposta, finché non mi sei precipitato addosso come un cane da valanga, battendo il cinque e stantuffando col pugno chiuso come dopo un goal, «alé oh oh, l'avémo 'mbríacáti, zún zún zún, ero diventato il professore là dentro», e quella di chimica che s'era invaghita della tua fossetta e aveva fatto accenni imbarazzanti a come avresti folleggiato quella notte. Anch'io ho dato sfogo all'entusiasmo, «come hai fatto amore non lo so ma sei stato grande, cinque anni in uno ci pensi, e con l'interruzione d'un mese, certo hai la faccia come il culo, il colmo è stato quando hai detto posso avere l'originale perché con la traduzione non mi ci ritrovo, hi hi, ora sfogliamo un po' di guide dello studente e decidiamo per una laurea breve». Una volta soli in macchina, m'hai stretto il polso: «È il regalo più stupendo che potevi farmi».

Ero contento, sì, ero contento che tu fossi contento (tutto qui? c'era qualcosa che mi pungeva, come l'eco d'un abuso o il rimorso d'avere barato); abbiamo fatto un buon lavoro, siamo una squadra. "È lui il più bello" pensavo "del paese nuovo che sono venuto ad abitare"; i tuoi occhi mi covavano come per domandarmi scusa d'avermi portato così lontano. Ma era appena cominciata.

*

Qui però, per quanto riguarda questo strano libro fatto a uncino «come gli uncini per impiccarsi», ho un altro risultato da festeggiare: il lungo flashback si conclude, l'ansa narrativa si ricongiunge al punto presente – oggi finalmente racconto quel ch'è successo oggi, 18 luglio 1996: l'albero che descrivo è quello che in questo istante, alle diciassette e zero nove, giù in cortile dondola le sue fogliette semiappassite su una decappottabile bianca.

La ricostruzione del passato, fatta a scopo didattico e terapeutico, è terminata. Anzi no, mi resta da dire di queste ultime due settimane: della difficoltà di nasconderti proprio queste pagine, mascherandole dietro la curatela di ben tre inediti di Pasolini («seh, quando affitti?»), e proprio mentre l'impegno di seguirti era diventato più gravoso. La maestra gliel'aveva sempre detto ai tuoi, se non fate studiare il guaglione siete dei criminali, ma in famiglia proprio non si concepiva – i misteri della proposizione ottativa, Annibale e gli elefanti, in co' del ponte presso Benevento. Questi ultimi quindici giorni sono stati i più belli, un continuo luna park. Ero sul mio terreno e il tempo s'è rivelato un gas che più lo disperdi più si dilata. Riuscivo a fare tutto, verso le tre del pomeriggio cadevo in un abbiocco da cui mi riscuoteva la voce di mio zio, quello morto in Africa; facevi un uso esagerato di bevande gassate e sotto la testa sul tappeto mi ritrovavo un volume di storia dell'arte. Quanti atleti in un petalo? Peccato che sia finita. Il tuo sacchetto tenero e pesante di seta te lo balonzolavi studiando e nell'umidità sudaticcia c'era la gloria dell'estate.

Facevi venti docce al giorno e la sera lavavi i capelli anche a me visto che mi piego male per via della lombaggine: come se riconoscere in me l'autorità fosse l'equivalente del tormentarmi i baffi e gli occhiali. Mentre tentavo di risolvere gli esercizi di matematica, «quanto fa questo» scherzavi dandomi un morso «diviso questo?» (un abbraccio) – se riuscivamo a ottenere zero come diceva il libro, t'alzavi dalla sedia e organizzavi una rumba intorno al tavolo. Mio geyser. Se i numeri si sfollano ne resta uno solo, tu.

Amato dalle donne, avventuroso
al punto da far perdere la testa
a tutto il piano di sotto...
E ti ho qui, mio scolaro, timoroso

dici: «mi perdoni se sbaglio?»
Non so la mia fortuna, contesto
piccolezze; vorrò mica la luna.
Scusa tu, del guinzaglio.

Uno che balla come te tenerlo fermo a studiare, come sono spento e senza fantasia! Io di cosce grasse e di coniugazioni sicure. In compenso non mi dispero più, non mi capacito di quelle mattine che volevo suicidarmi in crisi d'asfissia. Dormendo mi dirupi sulla pancia in un polverio di detriti. Sogno di scoprire per terra una collana rubata e di restituirla al legittimo proprietario («mentre la mano certifica | che non sono più nullatenente»). Non maledico più l'insonnia, anzi m'incuriosisco di quant'è larga la notte – accetto le complicazioni come brillanti accessori del tempo. Tengo testa all'alba colpo su colpo. Tra un ripasso e l'altro, finalmente ti sei lasciato andare a parlarmi di te: di quando a nove anni ti sei messo a volteggiare sulle punte durante una festa e tua madre t'ha portato dal prete per farti benedire, e di come tuo padre più tardi abbia dovuto sudare sette camicie per iscriverti alla scuola di danza. Di quella volta (avevi quattro anni) che lui sparì improvvisamente e restò assente da casa per parecchi mesi – che quando tornò era molto cambiato e non volevi dirglielo, a quel padre diverso, che avevi imparato ad andare in bicicletta. Durante i mesi dell'esame, al nostro amore è successo lo stesso: stavo quasi per indovinare com'era, l'ho perso di vista un attimo e adesso al suo posto c'è un sentimento che si fa chiamare allo stesso modo ma non sembra più lui. La felicità coniugale è il frutto d'una sostituzione di persona?

«Non li capisco» dici «quelli che in amore hanno dei problemi: se ami, ami e basta.» Questa elementarità sarà sincera, sarà fatta della tigliosità stessa dei tuoi polpacci? La felicità coniugale, come la politica, è la scienza del possibile. Fantasticavo quanto ti avrebbe donato un gioiello da collo, una catena di cui buttare le chiavi. Un giorno, ti ricordi, per le cinque declinazioni t'ho fatto piangere: mi pareva che non ci mettessi abbastanza volontà e t'ho investito con un cazziatone, credi che per me sia niente buttare via serate su serate, non è che non abbia idee su come utilizzarle sai, te l'ho detto all'inizio, se non te la senti, se studiare non è in cima ai tuoi interessi va bene, per carità, però allora si lasciava perdere subito, adesso chi me le rende le ore che ho sprecato, è assolutamente impossibile che una persona d'intelligenza normale non riesca a imparare rosa-rosae. Il giorno dopo le cinguettavi. Mi sono chinato e t'ho baciato il cavo popliteo. Li avevi appesi in sala dativo e accusativo, ablativo e genitivo: un esercizio meccanico insensato e doloroso a cui ti sottoponevi per me. Sorridendo al leggero dolore dell'imposizione come se fosse tornata la stagione delle prove («... t'infliggo questo poco di male | per farti constatare | che non sei più pastore del tuo sesso. | Lo capisco lo stesso, mi rispondi | candeggiato e splendido...»). Lubrificata introduzione al tema. Paesaggi così aridi da non tollerare altro che un altare di pietra: unico gregge, le gocce di sangue sui glutei. L'alta pressione è mia, nel senso del sereno e dell'infarto. La lezione degenerava in sospiri e macchie sul lenzuolo; e pensare che alla mia età dovrei avere dei figli vicini alla laurea.

25

«No, non credo che possa arrivare a questo punto» – una frase così, come quelle repliche grigie di quando una boutade non ci sembra nemmeno troppo spiritosa. La boutade era stata di Sonia, «chella secondo me na vòta 'e cheste a pàteto l'accire»; io l'avevo giudicata una boutade invece è quasi successo. Tante cose m'hai taciuto della tua famiglia, se davvero tua madre ha potuto prendere dell'acido muriatico, sostituirlo all'acqua minerale nella brocca che tuo padre tiene sul comodino e mescolarci del succo di limone – sapendo che verso le tre, accaldato e al buio, senza troppo annusare se lo sarebbe versato in gola a garganella. S'è sentito un grido che ha svegliato gli ospiti dell'albergo vicino: corrosione dei tessuti con conseguente stenosi cicatriziale, nessun rimedio se non la dilatazione forzata dell'esofago in attesa di un'ipotizzata ricostruzione chirurgica. Non c'è stata denuncia, le tue sorelle hanno dichiarato ai medici che tuo padre ha fatto confusione lui, scambiando due bottiglie senza etichetta in cantina.

M'hai spiegato la causa scatenante, quella finale, ma sono le cause antiche, quelle accumulate lentamente per anni, che mi spaventano. Tuo padre non ha saputo, o voluto, difendere la vostra casa di Vietri: l'avevate in usufrutto per trent'anni e ora il termine sta scadendo – pare abbiano preteso da tuo padre non so quale impegno per rinnovargli altri dieci anni e lui ha risposto di no. È la casa dove siete cresciuti e dove tua madre sperava che saresti tornato, è soprattutto la casa dov'è morto tuo fratello. Non è vero che lei dorme su una stuoia perché teme il caldo, in realtà non ha più voluto dividere il letto col marito dopo la morte del figlio – anzi è da quel giorno che non si parlano più. Ci avevo fatto caso, che spesso tuo padre a tavola si rivolgeva a te, «rice a màmmeta ca...», ma credevo significasse «diglielo tu, che a te t'ascolta» – non potevo immaginare, e poi da voi c'è sempre un urlio, devono essere diventati bravissimi a surrogare la comunicazione diretta.

La cosa che mi sbalestra è aver intuito che appartieni a quel mondo molto più che al mio – perché, per esempio, nei due giorni che tua madre è stata qua e si rifiutava d'inghiottire anche un solo boccone, anche tu hai smesso di mangiare? In occasione della sua venuta abbiamo eliminato i video residui e le ultime riviste «Colt» – tagliato per sempre il filo che mi legava all'empireo. L'abbiamo portata a vedere San Pietro, ha voluto salire sulla spianata del tetto e s'è meravigliata che le statue gigantesche fossero solo sbozzate nella parte posteriore («nun téngheno niente areto»); abbiamo visitato il tesoro e tornati nella navata abbiamo fatto il calcolo di quanti appartamenti ci verrebbero, se si lottizzasse e si reticolasse con muri divisori tutto l'invaso. Non sapevo ancora niente, ma m'era rimasta impressa quella domanda: se ci si può far confessare proprio dal papa quando uno l'ha fatta grossa.

E poi cos'era, anche dopo quando m'hai raccontato, quella favola cruenta che nell'orto sotto il nespolo è sepolto il mignolo di tuo fratello e tua madre ha paura che i nuovi usufruttuari lo disseppelliscano facendo dei lavori, impedendo così a suo figlio di riposare in pace? La vostra familiarità con la ferocia mi sgomenta. «Mi sento svuotato, passerà»: c'era l'imbarazzo d'averle dovuto inventare che t'avevano sfrattato, per giustificare che abitavi da me, d'accordo, ma perché quella distanza, quell'improvviso entrare in un'altra orbita, quella fuga dalla confidenza che non avevo mai avvertito prima? Eri brusco, sei brusco, anche stamane hai rifiutato la colazione e sei corso via, come per infliggerti di nascosto una punizione. O peggio ancora. Come se non ci fosse in anagrafe nessun documento intestato al tuo nome, come se non ti riconoscessi nelle foto; una chiusura a strappo insieme apatica e rabbiosa, tu così vitale. Ma forse è proprio questo, che la vita per sostenersi ha bisogno d'uno spessore fossile, d'altre vite coscienti capaci di capitalizzare e di ratificare l'esistenza, e tu non ce l'hai. La tua gente non ha saputo darti che la tragedia senza risolutezza, come tua madre che è salita perché si calmassero le acque e visitati i cugini di Monza tornerà a casa come se niente fosse stato – una passionalità senza decisioni, la fedeltà inflessibile e melodrammatica a leggi superiori stabilite a casaccio.

Anch'io, però, t'ho nascosto il dialogo notturno che ho avuto con lei. Il divano era scomodo, mi sono alzato per cercare un po' di ghiaccio nel frigorifero e lei era in cucina, con l'asse da stiro messa per traverso, che stirava la mia roba.

«Signora, la prego, non stia a lavorare per me, vada a dormire.»

«P'assai tiempo aggio durmuto.»

«Le dà fastidio il caldo?»

«A me nun me dà fastidio niente, so' abbituata; vui ve pigliate fastidio pe' Dummì, ve ringrazio.»

«È stato molto bravo a fare l'esame.»

«Mo' so' tutti prufessure, ma sulo Dio sape tutte cose.»

«A lei non sarebbe piaciuto studiare?»

«Si studiave, ji studiave 'na morte nera.»

«Mi perdoni, non capisco tanto bene il salernitano.»

«Chillo cummatte contr'a Dio, v'o ddico a bbuje ca nun capite: pe' chillo, 'e figlie so' carna cruda.»

«Vuole dire suo marito?»

«Roppo 'o Belgio addeventaje accussì, ca chello ca tocca s'arruvina, 'e furastiere l'hanno guastato, scusate eh – quann'era giovane giovane, co' 'e capille aggremìte, pareva nu suricillo ca nun se cuntentava 'e nu pertuse; io pesavo trentacinche chile, nun tenevo carna a traspurtà, mo' me fanno male 'e ccosse – tutt'e nnotte, si m'addormo nu poco, int'o suonno commencio a cammenà, e cammina e cammina 'ncoppa Amalfi e nun trovo 'a strada pe' scennere.»

«Lasci stare i fazzoletti, davvero; si sieda un momento, su.»

«Chello ca nun sape Dummì nun è corpa soja, isso puveriello vulesse fà tanti belli ccose, ma nun tene 'a capacità.»

«Domenico le vuole molto bene.»

«Si l'avisse parturite strane overamente, i figlie mieie, ca tutti 'nzieme puteveno fà fernì 'o munno.»

«Sa che anche mia madre si riposa così, appoggiata sullo stomaco?»

«Vostra madre stace a Modena, è o vero?»

«Eh sì, pensi, non ha mai visto il mare.»

«Steve a servizio 'e 'na contessa 'e Padova, 'e cientotrenta chile, pesava: i' ero guagliona proprio, nu juorno me mannaje a accattà nu cuniglio, e quanno l'aggio purtato m'ha ritto nunn'o bbire cumm'è sicco, portalo arreto 'o macellaro ca nun me piace; e annanze e arreto quatto vòte m'o facette ripurtà, sempe riceva ch'era sicco, alla fine je ricette, signò, s'accattasse essa 'o cuniglio, ca si ve verene a vvuje v'o ranno grasso, he he, me licenziaje, comme se rice, e jetti a fatica ancora chiù luntane...»

«Anche Domenico ha cominciato molto presto a lavorare.»

«Ih, pezzereniello era, i' aggio pregato l'angelo, ma 'e ffemmene so' mute.»

«Pensi che volevo regalarle una pelliccia a mia madre, che ci teneva tanto, ma non ci sono mai riuscito.»

«'E ccose chiù belle se pàveno, po' arrivano 'e chiù brutte. Che ore so' mo' a Modena?»

«Le due e venti.»

«Comm'a ccà. Allora m'a salutate vuje a vostra mamma.»

«È tardissimo.»

«Pigliateve chisto ca ve tène int'o sentiere bbuone, no comm'a me che stongo 'e piére 'e Pilato.»

M'ha dato un fazzoletto, uno dei miei, stirato in modo che uscissero tre punte, e nella punta centrale c'era ricamata una croce.

26

Ho sempre vissuto al di sopra dei miei mezzi: illudendomi di problemi universali per non vedere quel che mi succede dentro casa. Cortocircuiti cognitivi d'effimera soddisfazione, che sbocciano come bengala e finiscono in mozziconi anneriti. (Più o meno come le formule magiche di tua madre quando unge di burro le soglie e i davanzali per non far entrare gli spiriti.) Dopo l'avvertimento ho deciso d'arrendermi, di adeguarmi alla tua imprevidenza – che ti piazzi a venti centimetri dal ventilatore e il giorno dopo urli per il torcicollo. Le saracinesche sono chiuse, con cartelli. Dal cassonetto traboccano le bottiglie di birra. Lungo il viale impolverato l'unico albero verde è quello che brilla sullo scudo dell'ambasciata del Libano.

Hai ripreso le notti in discoteca, volevi mantenere anche l'impegno della mattina (parlavi confusamente di tagines e di amicizie diventate importanti e d'uno strumento a corde chiamato kora che stai cercando d'imparare), però ci hai rinunciato perché lo sfregio non poteva venire che da lì. Una secchiata di untume rovesciata sul tappeto del nostro ingresso e sul pavimento, così appiccicosa che era impossibile pulire, puzzolente di rancido e di uova marce, con schizzi sul battiscopa. Uno sfregio *dentro* casa, e la porta chiusa a chiave. Ho cominciato a gridare che per colpa tua la mia vita era ormai permeabile a qualunque devastazione, come quella volta che un tuo dischetto bacato aveva fatto entrare dei virus nel mio computer. Ero terrorizzato, non tanto dal pericolo di un'aggressione quanto dal rischio d'essere costretto a *prendere atto.*

Come ho potuto pensare che la scelta filosofica tra monismo e dualismo, nientemeno, dipendesse da una misurazione in centimetri di pettorali e trapezi? La curvatura dei glutei, dopotutto, è una questione di diversa embricatura delle vertebre lombari, un dato ortopedico, oltre che ovviamente il risultato d'un allenamento ad hoc. Mentre dormivi come un sasso, nel pieno della tirata finale per gli orali (nemmeno il triplo caffè era riuscito a tenerti sveglio), le mie opinioni variavano col variare delle luci dalla finestra aperta: se i suoi muscoli fossero più rotondi, pensavo, il mio libro non conterrebbe prosa. Ah se mi fosse stato concesso, per una volta sola, di possedere Dio: per il semplice gusto di staccarlo poi come una pellicola dal corpo al mio fianco, addormentato! Guardatelo, l'ansimare è quello d'un malato, la schiena fradicia, i tessuti adiposi – una guarigione che non volevo, con uno che non mi piace neanche. Come per l'universo, anche per me la massa è insufficiente; se sfioro i deltoidi di Mimmo l'anima si rattrappisce, espelle pianeti trigonometrie foto. Perché fare l'amore con lui oggi e non domani? Se domani è lo stesso che oggi, oggi è già una ripetizione.

Ma il neon scivolava dal verde al rosso, e poi al dorato; illuminava la catenina berbera e il viso di coccio dimenticato sul cuscino. Quando la bellezza è morta e hanno dato lettura del testamento, a me è toccato questo souvenir d'onesta manifattura. Che l'espulsione dei liquidi avvenga in un ambiente psichicamente favorevole, non è che uno dei precetti della scuola medica salernitana («il suo muso bellissimo e curioso, il suo infracoscio nudo e chiaro»). M'attraversi con la gamba sinistra, scavalcamento ventrale. Se è una benedizione, perché il mal di stomaco?

Futili spasmi consumati nel recinto del cervello (tu diresti «pippe mentali»); futili se confrontati alla *giustizia* del nostro stare insieme, del nostro uscire a cercare i pezzi di ricambio per la lucidatrice, contenti della larghezza d'agosto e del gelato. Ce li mandiamo i bimbi all'asilo? T'accarezzo la clavicola come l'aragosta spinosa passa cautamente i tentacoli sulla corazza del partner, preludio all'accoppiamento – risalgo alla chiesetta di campagna e subito l'orizzonte s'espande. In te si entra da destra, aggirando una siepe.

Le lenzuola d'amore
sono balzane e terzane –
ragionamenti chilometrici
o di struzzi bip-bip

(«*se le coppie che muoiono in garage, i tuffi*
delle serve dai balconi, i vip
che si svenano per troppa fortuna
potessi riassumere in una
calma domenica di bricolage...»)

vengo a baciarti al mare
zoppicon zoppiconi –
tanto, il segreto del successo
è non ascoltare.

Sull'indirizzo da scegliere per la laurea breve ti mostri sempre più evasivo: vanno bene tutti ma nessuno è imprescindibile. L'altra sera stavamo parlando d'americanizzazione, che là non hanno il culto del pezzo di carta, non riconoscono il valore legale del titolo di studio perché lo Stato pesa di meno, ti controlla meno, là per esempio non occorre il porto d'armi mentre da noi è complicato ottenerlo, se non hai fatto il militare devi sostenere un test al poligono di Tor di Quinto e poi dimostrare a che ti serve, che devi trasportare preziosi o che hai ricevuto minacce. Per il diritto di detenzione le pratiche sono più semplici che per il porto d'armi vero e proprio; i più consigliabili per un principiante sono i revolver, che se non tiri il grilletto puoi anche urtarli e non succede niente, mentre con le semiautomatiche... com'è che sai tutte queste cose?

«Perché le so, carino: sicché se pensi di fare il monello con me stai attento a cosa vai incontro.»

Ho improvvisato lì per lì che il mio primo fidanzato aveva sparato a un'ombra credendo che fosse un ladro invece era suo nipote. Solo se raccontato a te, esistere è una notizia.

«Io ti difenderò: senti i tricipiti come sono forti, per il mio amore bello.»

«Quelli sono i quadricipiti, testina di vitellino.»

(E poi non è vero, si sono inflacciditi, da qualche mese in qua.)

«Mi tiri fuori la camicia a righe, Tòpolo Augustolo?»

Se non sono più ossessionato dalla perfezione fisica non devo più esserlo nemmeno dalla perfezione, come dire, affettiva. L'amore non è un'olimpiade.

Ci guardiamo negli occhi con reciproca tenerezza. Io ti bacio con trasporto, tu fai lo stesso. T'accarezzo la fronte e il naso, m'accarezzi le labbra. Dico «ti amo tanto», rispondi «anch'io tantissimo». Non c'è gesto che non mi venga restituito con doppia devozione. Siccome io sono certo che sto mentendo mi pare probabile, data l'identità degli atteggiamenti, che stia mentendo anche tu. La tua maggior solerzia dipende probabilmente dal fattore economico – insomma, dal fatto che suppergiù ti mantengo. «Se tu sei bugiardo» potresti obiettarmi, «non vuol dire che lo sia anch'io.» Ma non è di bugie che si tratta, è di buone intenzioni.

Tu sei meno sensibile ai disturbi d'idraulica: quanto più (e proprio perché) sei imprevedibile e imprudente, tanto più sei affidabile in materia di conservazione della specie. Ma anche per noi è arrivata l'epoca dei «figùrati» e dei «non importa», dei «mi sono molto divertito» dopo una partita a scarabeo. L'epoca del rispetto, della tristezza cerimoniosa. Sotto i suoi colpi non trovi di meglio che dormire, come un mendicante per scordarsi la fame: ti guardo e penso "che c'è di male a sacrificargli l'infinito? le stelle non sono che metalli elementari ancora impelagati in primitive agitazioni atomiche...". Al telefono con le amiche dici «è una cosa consolidata», mentre prima dicevi «alla grande». Molti che non hanno il coraggio di suicidarsi hanno invece quello di diventare adulti, che è la stessa cosa ma fatta poco per volta; la sicurezza che si acquista non è un aumento di conoscenza ma una riduzione dello stupore, finalmente alla pari con la cricca dei soddisfatti. Dopo il telegiornale ti strizzo i punti neri, che hanno continuato a crescere mentre l'anima cincischiava. «È carino addormentarsi» borbotti sbadigliando (trad. lucif. «stasera niente sesso, per fortuna abbiamo già dato ieri») – la sincerità dell'amore bisogna attraversarla, se si vuol ricominciare a mentire. Confortevole, accessoriata apatia.

Mezzanotte, il tempo ci sarebbe ma vuoi sfogliare le foto, fa piacere anche a me; la mano scende e trova il motivo per mantenersi sulle generali. Mezzanotte e mezza sbirciata all'orologio di sbieco durante un abbraccio, il deserto dell'istinto sotto la cucitura, ah, togliere i surgelati dal freezer e mettere a mollo i fagioli – questo appare decisivo, ormai all'una meno un quarto sarebbe affrettato e goffo, stringimi la falange del dito medio fra i denti, stringi forte che ci resti il segno quando sarai addormentato. Ti sfilo il mio braccio da sotto, ti levo la mano dalla mia pancia: alla fine eccoci logaritmici, paralleli. A quando il ritorno in forze della perversione? La rimando come se fosse sprecata per questa sessione feriale – mio nonno m'aveva regalato una capanna indiana ma pretendeva che ci giocassi soltanto durante le vacanze.

Entri in bagno mentre sono sul water, le mie esigenze di privacy ormai passate in cavalleria; la tua presenza è così pervasiva che l'idea stessa di scelta sta evaporando, come svanisce l'idea di movimento in una matrice di punti intercambiabili. Tra le due ricette per recuperare identità, la mia che consiste nel ritrarmi, la tua che consiste nel buttarti ancora più dentro, è la tua che si dimostra vincente. Il mio entusiasmo si spegne al contatto con la miseria, il tuo si corrobora e si rinsalda; verifichiamo la reciproca psoriasi, ci viene da ridere e da annusarci le ascelle. La terra ha un raggio di dodicimilasettecento chilometri, ce ne vuole per deviarla dall'orbita. Tu sei la mia famiglia e io la tua, scemo. È solo il corpo che ha bisogno d'una pausa. L'importante è sentirsi in ordine; non preoccuparti per la ginnastica. I baffi me li sono lavati, sì, te lo giuro, non ci lasceremo mai.

27

Se volevo sorprendermi, eccomi servito. Credevo d'essere quello che dirige l'orchestra, invece. A pensarci bene era logico, al di là dell'ironia banale dei fatti. Il solo piacere che leggevo nei tuoi occhi, da mesi ormai, era quello di farmi piacere – ma come se questo piacere di rimando non bastasse all'esecuzione, avevo notato che in certi passaggi delicati della manifattura gli occhi li tenevi chiusi. «La bellezza ha vinto di nuovo: | fa sembrare l'affetto un ripiego. | Ma stavolta è in lui che ha vinto, lo trovo | sui giornaletti che gli nascondevo.»

Fingendo uno zapping distratto, finisci sulle hard private e ti ci fermi – tanto valeva tenerci i nostri di video, almeno Kristen Bjorn è un professionista. Ormai, quando mi dici che ho le rughe d'espressione, lo so cosa vuoi dire: che non ti piaccio più. Era logico, sono io il più brutto e il più vecchio: ero talmente preso a sviscerare le virtù del mio sacrificio che ho perso di vista il tuo. Vedi che succede, quando si ragiona da adolescenti senza averne il diritto, che succede a trascurare gli effetti della gravità sulle riserve di lipidi – però è quasi un sollievo, dopo aver tanto spiato l'esaurirsi in me dell'amore, constatare che mentre mi preoccupavo s'è esaurito in te. Mi sento come una casa infiltrata d'umidità: so che se ne avessero i mezzi gli inquilini se ne andrebbero anche subito, faccio il mio dovere d'accogliere forse con più abnegazione di prima, ma ho una gran voglia di crollare.

Hai zittito la sveglia, a luce bassa
(credi che dorma) mi traffichi a lato
poi spegni, in un soffio t'allontani.

E non un tocco delle tue mani, l'orma
del tuo passaggio mi ritaglia illeso.

Ah, se io fossi più giovane e fresco
non così obeso, se la mia carcassa
ti spingesse a esser meno delicato!

Su questo versante, ahimè, non ho risorse. C'è un coiffeur molto noto che ti corteggia e già la professione mi umilia, anzi mi umilia il fatto di non saper affrontare alla pari una professione così. Quando il tuo cellulare non prende per due ore, e la sera mi dici casualmente che proprio in quelle due ore hai incontrato un vecchio amico di Vietri, sono sicuro che sei stato a casa del coiffeur e che hai staccato il telefonino perché non volevi rispondermi da casa sua. Tra voi adesso c'è la festa della novità, ed è dalla festa (più che dal tuo corpo) che mi sento escluso. Immagino abbondante tra voi un flusso che non ho saputo tener alimentato, ergo suppongo nel maledetto coiffeur più elevate capacità estrattive, strumenti per trapanazioni profonde. La gelosia, penso per consolarmi, è la migliore imitazione dell'amore, ma sto male come se l'imitazione fosse la cosa. Chissà il tuo rosa a chi l'hai dato, la mia fedeltà mi pareva un tale risultato che... Ma forse hai ragione: non ho fatto che nutrirmi della tua saporita primizia e ti tenevo in gabbia per poterti divorare un ingannuccio per volta – scappa dalle mie tegole di marzapane.

Era fatale ormai, come è fatale che l'umidità si rapprenda in gocce quando supera un certo grado di concentrazione; avevo appena raggiunto gli eventi ed ecco che devo correre per stargli appresso. Io stesso me la sono cercata, non dico di no: mentre ritiravamo la biancheria dal terrazzo, per razzolare di nuovo nell'amata frustrazione. Avevi addosso un accappatoio di cotone che ti dava l'aria d'un maghrebino: non per niente in Marocco tutti ti prendevano per uno dei loro, anzi indicavano una precisa città di provenienza, Tétouan. In questo periodo lavoro parecchio e non sono riuscito a far tacere l'invidia per quel tuo ciondolare a mezzogiorno; l'invidia ha preso la strada tortuosa del rinfaccio.

«Perché ieri sera quando t'ho chiesto che ci stai a fare con me m'hai detto "con te mi riposo"? Spero non sia solo per questo...»

«Non ascolti mai: non ho detto "mi riposo", ho detto "mi riscaldo".»

«Hai imparato a dire le bugie, eh? prima non le dicevi.»

«Dài, bugie, piega qui piuttosto.»

«Anche stavolta sono diventate viola, fare la moglie non ti riesce bene.»

«Che, ciài voglia di litigare?»

«Secondo me non sei convinto, è quello il fatto.»

«Io le mie decisioni le ho prese tanto tempo fa, caro mio, non come te che ancora stai a medità.»

«Non sei obbligato a lavare, sai.»
«E tu allora perché ti sporchi?»
«Sarebbe bello girare senza vestiti, come nel paradiso terrestre.»
«Ma siccome non abitiamo nel paradiso terrestre, bisogna rimboccarsi le maniche.»
«Sempre che uno se lo possa permettere, d'andare senza vestiti.»
«Sarebbe a dire?»
«Così.»
«No, no, finisci la frase.»
«Sarebbe a dire che t'ho pregato tante volte di allenarti con i pesi, dopo l'esame, e tu no no no; lo dico per il tuo bene, tanto ormai non sono io che me li godrei i tuoi muscoli.»
«Eccola, la stronzata dell'una e mezza.»
«Non è una stronzata, davvero penso che dovresti crearti una famiglia; sembri nato apposta; nella vita o fai figli, o fai soldi, o fai qualcosa di bello. Oppure *sei* qualcosa di bello.»
«Da dove casca 'sta filosofia, mo'?»
«Sai le galline, quando si rotolano nella polvere per eliminare i parassiti?»
«Sono io il parassita, vero? hai ragione...»
(La tua voce trasmette immediatamente ogni sfumatura – sentivo la sollecitudine, la dolorosa sorpresa che vibravano a due dita da me, a pregarmi d'essere buono; ma qualcosa mi comandava, obbligandomi a portare a termine quel che avevo cominciato.)
«Intendevo un'altra cosa, parlavo di me, e poi non mi dare sempre ragione.»
«Io ti darò anche ragione, ma chi è che è cambiato di noi due?»
(Touché.)
«Comunque scusami eh, se non sono grosso come un armadio, io sono mio, guarda un po'; i soldi volendo si fa presto a farli.»

«Ah certo, mettendoli da parte mentre io pago anche i regali di compleanno per le tue sorelle.»

(Parole così ingiuste, e così seducenti nella loro ingiustizia, che mi sono incantato ad ammirarle; è proprio vero che l'inconscio è economia.)

«Se lavoro troppo sbaglio, quando sono disoccupato sbaglio, che devo fare? un lavoro medio no, perché allora dici che è il trantran...»

«Non è colpa tua, tuo padre non t'ha insegnato l'indipendenza perché è abituato a ubbidire.»

(La luce negli occhi ti si è abbassata di due toni, come se stessi registrando lo scarto tra quello che credevi che io fossi e quello che sono.)

«Ma una bella padellata di cazzettini tuoi... non toccare mio padre che non sai niente, non sai proprio niente di niente... mia madre sarà una stupida, ma le cose le intuisce...»

(Stavi per piangere, sarebbe bastato poco per sciogliere la lite in un abbraccio, ma la Siringa m'ha sussurrato all'orecchio «non vogliamo che questo terrunciello, che ha dalla sua la volgarità delle spirali, ci tenga in pugno, vero?» – se una cosa dev'essere, che sia.)

«Io so che m'hai costretto a cancellare la meraviglia del mondo per una cosa misera, l'amoooore! anche questa *felicità* a cui mi costringi è un'umiliazione in più.»

«Forse dovremmo cercare nuovi stimoli...»

«Sì, i negri hanno la musica nel sangue e non ci sono più le mezze stagioni.»

«No, no, io non ci sto a vederti tornare stronzo come prima, non te la lascio buttare via questa cosa.»

«Vuol dire che hai il tuo tornaconto.»

«Basta, cazzo, basta!!»

Hai sbattuto per terra la sedia e la porta te la sei tirata dietro con tutta la forza che avevi; di là dalla porta chiusa, appena spento il fracasso, hai gridato «bella la verità, eh?». T'ho rilanciato: «Io piuttosto mi facevo degli scrupoli mentre tu stavi già cercando il pezzo di ricambio; forse t'aspettavi che ti dicessi “non lavorare più, lascia fare a me”, speravi d’aver appeso il cappello come dicevano le tue amiche, “hai vinto la lotteria”, credevi che non sentissi? solo che per far questo avresti dovuto essere molto, ma molto, molto più bello».

Hai riaperto, e ti guardavi le unghie: «M’hai plagiato e adesso mi lasci al mio destino».

«Tu sei nessuno e volevi che diventassi nessuno anch’io.»

«Va’ va’, che sei un pezzente, uno che al dunque si caca sotto; sei un malato, sei.»

Come se l’ultima frase t’avesse rassicurato, al posto del viso avevi una seconda nuca: «ma sai che c’è di nuovo, cumpà, che io me so’ stufato» t’ostinavi a cercare la rotella del filo interdentale, «mi sa che ho proprio sbagliato tutto». E giravi come un topo in un catino, facendo di no con la testa: mentre stipavi le giacche e le camicie nella borsa, le poche frasi che ci siamo scambiati ancora («t’ho dato la mia vita e non l’hai voluta, scusa eh, mo’ impiccati», «ah sì? d’avere smesso d’amarmi senza nemmeno avere la delicatezza d’avvertirmi, di questo non ti scusi?») – le poche frasi che ci siamo scambiati sul pianerottolo («i soldi li mettevo da parte per tutt’e due perché tu hai le mani bucate, neanche questo hai capito, genio?», «sei riuscito ad anticiparmi, a rubarmi l’iniziativa, bravo»), le poche frasi si sono srotolate in un clima amorfo, come se l’efficienza bellica fosse l’unica residua forma di comunicazione.

«Per me l’esperienza è chiusa, the end, le emozioni che c’erano da provare le ho provate, alé, io sono già da un’altra parte.»

Hai preso la borsa per la tracolla, senza uno sguardo di recupero; l’ascensore che scendeva e stop: neanch’io credevo che sarebbe stato così facile cancellare dall’appartamento le tue tracce, avrei detto che ci voleva molto più detersivo. Che voleva dire, millenni fa dall’altra parte della terra, «siamo una cosa sola»? Le persiane sbattono come fucilate, m’annuso le mani e risento l’esatto odore d’una tua carezza. Sono contento di poter scrivere dei versi senza la limitazione di doverteli mostrare.

Sei stato un pretesto. Una salma
che ho spolpato: appeso alla vetrina
col ridicolo cuore
ancora fra le mani, proteso.

A metà tra una buccia e un manifesto
a mezzo busto, un pesce rosso
o una gruccia, con tutta la tua linfa.

Non ritornare. Adesso
non mi servi più. Disinnescato. Posso
finalmente odiarti, con calma.

*

Gli ho reso la vita impossibile, l'ho massacrato coi miei distinguo: con un'azione sola, andandosene, ha fatto saltare il banco e s'è portato via tutte le azioni. Se non ritorna, non agirò più. Dove sarà andato? Non a casa, non in chiesa, non a prostituirsi. S'è rifugiato dal coiffeur? Dopotutto non credo, e non credo nemmeno che abbia una gran voglia di spassarsela – di spremere, come si dice, la sua giovinezza. Gli mancano la lucidità e il nichilismo necessari. L'assoluto non si può vivere in due, quella che mi chiedeva era un'apostasia.

Quando mi diceva «vorrei essere da un'altra parte», io traducevo «vorrei essere con un altro», invece voleva dire «vorrei stare dove la tua ambiguità non mi tormenta». Mi deve almeno un colloquio – se lo vedo, sarò presuntuoso ma sono sicuro di riconquistarlo. In fondo, se n'è andato per rialzare il prezzo. Non è che voglio riconquistarlo solo perché si è sottratto al mio potere? Se Cristo avesse saputo, al momento di morire, che sarebbe risorto dopo tre giorni, il suo sacrificio non valeva un fico secco. Perché l'assenza di uno come Mimmo mi lascia così smarrito, capace solo di pensare alle parabole di sepoltura e al granello di me che sarei disposto a lasciar marcire?

28

«Tu dirai se uno ci finisce di suo pugno nella merda, poi non può miagolare che lo chiamano merdoso.»

«Amedeo, ti sento allegro, avevo proprio bisogno di qualcuno che mi tirasse su.»

«Perché?»

«Niente, facevo del sarcasmo.»

«Beato te che hai voglia di scherzare.»

«Non lo sai che è tutto un grande scherzo?»

«Come c'intendiamo bene noi due, melanzana, cosa stai a fare lì, a cercare la patente?»

«Senza patente vado in tilt.»

«E io invece vado in carcere.»

«Ognuno si diverte come può.»

«Ci vado davvero, Walterino...»

(il cambio di ritmo, il grattare della frizione)

«... m'è scappato molto giovane; non te lo volevo dire, con te mi dondolo a volare, ma a chi lo dicevo se no, tanto fra un po' lo sanno tutti.»

«Che vuol dire m'è scappato?»

«I genitori di sicuro faranno aprire un'inchiesta, vedrai.»

«È una storia di droga?»

«Ha ha, magari, eh già, si potrebbe anche chiamare una storia di droga, chissà, forse è una storia chimica...»

«Te lo dicevo d'andarci piano.»

«Ah, anche troppo piano, chiavica, andava tutto al rallentatore angelico, alle mani non gliene fregava più niente neanche a loro, sono fiorite troppe peonie.»

«Non fare il Rimbaud di cinquantacinque anni, non mi pare il caso.»

«Come ti sei permesso d'andare a dire che parlo strano, lo sai che questo adesso può costarmi una condanna? È stata colpa della solitudine, i gatti m'avevano pisciato, anzi lo zerbino...»

«Ho un po' di fretta, Amedeo, scusa.»

«Oh, se non posso divagare con te, se non posso divagare col mio migliore amico con chi divago, coi carabinieri?»

«Arriva al dunque, dài.»

«Te l'ho detto, l'ho perso in sala.»

«Chi, cosa?»

«Un bambino di sette anni, m'è morto sotto i ferri, Walter...»

(il tono è quello inequivocabile della chiamata in correo)

«... era un intervento banale, un'atresia della tricuspide, sono vent'anni che si fa col Fontan, *avevo già levato il bendaggio della palliazione...»*

«Non ci capisco niente delle cose tecniche.»

«... no, ma erano le mani che me le sentivo fiacche, era successo un incidente da ridere, figurati, avevo le dita gelate e ho chiesto all'oggettista di darmi dell'acqua tiepida, 'sta cretina me l'ha data bollente, gli ho detto questa è a sessanta gradi, fa professore sono trentadue, sì, no, sai come vanno le cose, abbiamo scommesso centomila lire, sono andati a prendere un termometro e mentre cazzeggiavano ho cominciato a sentirmi stanchissimo, non credo per gli psicofarmaci, sono quasi due anni che ci banchetto da quando vabbe'... ma sprofondavo un bambino più un bambino meno tanto la mia vita è rovinata comunque. Più mi comandavo di non pensarci più ci pensavo, ho sentito il perfusionista che diceva al ricercatore nostro "ventila meno la bocca e ventila di più il paziente", ho troncato ma che gliene viene a lui, l'équipe è l'unica famiglia che ho...»

«Ma insomma, c'è stata una tua responsabilità personale?»

«... se mi lasci parlare te lo dico, c'era la Barbra Streisand che cantava, mi sono rilassato e ho sentito che tagliavo un po' in diagonale, il tubo di dacron s'è adattato lo stesso, ma da una parte i tessuti erano troppo tesi, dovevo allertare tutti e far tagliare un altro pezzo, vabbe', ho sperato che teneva uguale... sono tessuti giovani e poi c'era il rischio delle piastrine che si deterioravano con l'ipotermia. Quando siamo andati a prenderlo tracimava sangue, l'ho riaperto e la cavità era piena di sangue, sembrava un film, laguna, nuotavo con le mani a pescar rane nel sangue, con l'aspiratore non si faceva in tempo a pulire.»

«Quando siete andati a prendere chi?»

«Il re di Papuasia, chi, il bambino.»

«Allora la cosa s'è svolta in due tempi?»

«Lascia perdere va', tanto se mi snocciolano dentro sto meglio che fuori.»

«Non capisco la dinamica.»

«Signora maestra, che la riparazione sembrava a posto come un cambio di gomme alla Lotus, c'eravamo rimessi i paramenti civili e il piccolo l'avevano riportato in corsia col suo cuorino a zoccolo, poverino; ho sentito Colnaghi che dava una zaccagnata alla suora per via dei fili che non erano quelli nuovi ma ho capito che non era convinto di come avevo suturato e non si attentava a dirlo, sicché testimonierà, e dopo c'è stata la sirena dell'emergenza, la suora è entrata come una scorreggia, vomitava sangue e la sutura aveva ceduto, l'abbiamo riportato in sala ma ne aveva già perso troppo.»

«Non potevate...»

«L'elettrocardiogramma non si muoveva, faceva i picchi con le stimolazioni, l'anestesista diceva è il potassio che gliene abbiamo dato troppo, perché si stava superficializzando e gliene abbiamo servito un'altra dose, ma non era un problema di potassio, aveva avuto anche un'anemia importante e io lo sapevo, lo sapevo che il tracciato restava steso, infatti.»

«E adesso?»

«Adesso i genitori sono rimasti soli e anch'io sono rimasto solo, così siamo pari, come la farina.»

«Al bambino non ci pensi?»

«Era antipatichino, di quelli che sanno già tutto, il padre gli aveva fatto un disegno della metodica e lui chiedeva i nomi delle macchine, vendeva vendeva anche lui nel suo piccolo.»

«Non so cosa augurarti.»

«Tu scrivi e non preoccuparti di niente, stai pur lì con tutti i tuoi amori e i tuoi collants; nessuno è responsabile dell'umido, come disse la goccia dentro la cascata.»

(Ricordo l'odore di bruciaticcio del bisturi elettrico, quando sistemò a mio padre le coronarie e mi permise d'assistere all'o-

perazione a cuore aperto, e io di colpo decisi che non ero figlio di quel paziente e non ero innamorato di quell'agente, portatori d'amarezza tutt'e due – schifato dal sobbollire del grasso nella pentola del diaframma, come il blob d'una zuppa di ceci.)

«Cerca di vedere il lato positivo, è stato uno scossone che t'ha svegliato, forse.»

«Tu hai qualcosa Walter, a me non m'inganni zuccotto, che c'è? Hai una voce distante.»

«Per quel che si guadagna a stare vicini.»

«Col tuo amichetto va tutto bene?»

«Sì, tutto regolare, anzi.»

Maledetto il primo che progettò di consolarsi parlando.

29

L'invecchiamento improvviso, collassato in pochi giorni, s'era concentrato sulle labbra: le tue labbra che facevano tutto tranne che parlare. L'ho creduto davvero che fosse finita, ho desiderato che non tornassi più. Recuperare la postura del perdente, dare l'irrilevanza per scontata. Dopo aver fatto una tremenda scenata a cena dal mio capo (o quella che io credevo essere una tremenda scenata), m'ero sentito annullare con una semplice frase, pronunciata perfino con affetto dalla padrona di casa: «lui è un famoso sciocchino». Ma non ero più a quel punto, a quel facile punto, fortunatamente non più. Ho telefonato a mio padre, scavalcando ogni vergogna, per dirgli «s'a telefona Mimmo, dégh che per piaser a'm ciama, ch'al vègna a cà, l'e sparî, degh ch'a in discutèm, ch'a's giustèm, ma per piaser ch'al vègna a cà» – e tu eri lì, inopinatamente, a casa dei miei. Come i bambini che si perdono in spiaggia. Eri andato a cambiare il boiler e il box-doccia, come gli avevi promesso. Non sapevo che emozione provare, ho balbettato di delizia e d'imbarazzo e mi sono anche sentito, per un attimo, come i negri che si fanno stirare i capelli. Alzandomi dal water, un paio di volte m'ha preso il capogiro ma era la pressione bassa.

Sei entrato con la T-shirt con scritto "original", m'hai messo le dita sugli occhi e come una strana danza – solo più tardi, con l'elastico che m'impicciava le caviglie, ho cominciato a ridere «che tormento», il polso era a centoventi ed ero orgoglioso che si capisse che i miei addominali erano così agili da far restare riso il riso – «che tormento, non si può neanche soffrire in pace», e tu pure ridendo dicevi «sì sono il tuo tormento, il tuo virus, sei la cosa più bella che ho, ti perseguiterò anche dopo la morte». Parlando di virus è saltato fuori che «il portatore del microbo» è chiamato nell'ambiente il famoso coiffeur, per le irrisorie dimensioni del suo membro – «ma non l'ho mai constatato di persona», nonostante t'avesse fatto ponti d'oro e offerto una mercedes se diventavi il suo ragazzo-immagine. «È un cagasotto» l'hai liquidato con limpido epitaffio perché andando in Thailandia s'è rifiutato di far passare alla frontiera un pacco per un tuo amico. «Tu non sei così» m'hai detto guardandomi fisso.

Non le labbra screpolate soltanto ma tutto il volto era quello d'un adulto, come se durante l'assenza o meglio durante la decisione d'assenza tu avessi finalmente incontrato l'anagrafe. L'amante vigoroso e affascinante che potresti essere per molti (e per molte) s'indaffarava per me e per le mie comodità («scusami se non ho rispettato le tue scelte»). Poi, con quelle rughe nuove che incutevano soggezione, hai dichiarato drastico «adesso però mi trovo un lavoro come dico io e tu non mi puoi fermare» – ho capito che urtavo contro qualcosa d'inespugnabile e ho ripiegato sullo scherzo («lo stagnaro? il trafficante d'organi? il noleggiatore di cani da slitta?»). Un bellissimo bambino con un grande nasone (quando dormi torni a esserlo, è inutile): rotoli verso di me attratto dalla mia massa superiore, come una pallina nel cratere d'una grossa sfera di marmo.

Dopo Modena, per punirmi («stai lì e aspettami, non so se verrò») eri passato anche da Vietri – ne sei tornato con una Renault Twingo seminuova, a tua sorella non serve più da quando s'è sposata e ha ereditato quella della campagna elettorale del marito. «Ma non devi sentirti vincolato, possiamo renderla sai, io non voglio disubbidirti mai più, voglio essere bravo» e quando già eri voltato dall'altra parte, «non voglio prevaricarti.» Non è male essere un garage. Nel cieco benvenuto abbiamo rotto un vaso di vetro, più muti veramente che ciechi – lì per terra coperti di fiori e di gambi marci, avevo l'impressione che all'inguine, al posto del sesso, ti spuntasse un recipiente cilindrico pieno di fiori. Nel calcagno t'era rimasta una scheggetta triangolare, ma con l'ago è venuta via subito e la ferita è stato bello succhiarla.

C'è un prezzo da pagare
per questa cosa che fanno gli altri
scimmiesca e ganza, «amare» –
adesso la mia importanza

è almeno da banca provinciale:
«amo» anch'io, in contanti e in bot.
Il prezzo è che se in un lunedì nero
di morti sulle strade

tu fossi nell'elenco, non potrei
svicolare: annasperei sotto shock
come quelli che soffrono
davvero...

In merito alle scelte, Mimmo (visto che ne hai parlato), la cosa grave è che ormai l'unico incentivo per i migliori dipende dalla loro disponibilità a corteggiare i peggiori.

Una volta si diceva che gli artisti, per far bere agli uomini una medicina amara, cospargevano di zucchero gli orli del bicchiere – ma i bicchieri stanno diventando sempre più piccoli, lo zucchero è saccarosio e soprattutto le medicine sono dei placebo. Non serve riempire i bicchieri col proprio sangue: già tutti i liquidi s'equivalgono, in un'arsura da fiera. Tornerà a piovere un giorno, i rospi che si sono rintanati nel fango potranno uscire e riprodursi? O saranno le connessioni neuroniche a mutare, e sarà bellezza quel che ora chiamiamo fragore? Non so. La mente è una forza grande, che appartiene alle costellazioni alle catene montuose alle foglie, e che non doveva essere ristretta nel cranio d'un animale.

Non posso parlare di cose serie finché sono in malafede. Ho chiuso la porta all'oltrecielo e pretendo surrogati dal perbenismo. Inghiotto Prozac credendo di disintossicarmi. Le tue vertebre infelici, che volevo riscattare nell'arte, sono proprio loro che mi confondono. Fatti da parte, ti prego.

*

Il lavandino è di nuovo in disordine, la guarigione è diventata cronica. I periodi della fregola sessuale, nei mammiferi, hanno scadenze regolari: il serbatoio traboccando si svuota e lentamente si ricarica, con la stessa esuberante ovvietà con cui ai criceti ricrescono i denti. Per te fare l'amore è mantenere un legame con la natura. Non m'hai ancora voluto dire quale sarebbe il misterioso lavoro che hai trovato: sei l'unico che per trovare un lavoro va al Sud. «Decidi tu quel che è bene per me», l'impegno è ancora revocabile ma il guadagno sarebbe molto buono, non c'entra niente col doppiaggio e col diploma, forse è un po' pericoloso e per questo hai bisogno di sapermi al tuo fianco. Mi farai parlare a Vietri con il tuo amico medico che m'illustrerà bene il meccanismo. È chiaro, vuoi vendicarti della mia vocazione pedagogica. L'encausto che ti ritrae su una tavoletta libica, coi segni neri del kajal, si sovrappone a un fotocolor triviale. Erano tutte qui le tue ambizioni? Non li rimpiangi i mesi della maturità? Tutto buttato via per un lavoro qualsiasi, purché comporti un «guadagno molto buono»? Rinunciando alla meraviglia della tua voce (ti ricordi quando stavi senza appoggiarti per un intero pomeriggio se no, dicevi, «si sente il leggio»?) vuoi forse dimostrarmi che si può rinunciare a una parte essenziale di se stessi per progettare un futuro insieme a qualcuno che si ama?

Il sesso ritorna come pura vacanza: l'immagine d'un agnello con un po' di sterco incrostato sui quarti posteriori e la barca sottopassa il ponte, issa la vela a un albero doppiamente maestro.

Ma quante perle agli inguini
sospettate di dolo
o almeno di falsa testimonianza!
Nei ripostigli dei secoli:
tu bianco calamaro
reduce dalla paranza...

I morti hanno gli occhi di perle.
Tappami tutti i pori,
annienta l'esultanza
con la maglietta della specie:
tu mastro d'onda,
insieme nel mare delle sei.

Se potessi regolarizzare in chiesa la nostra posizione, lo farei. Per dirti, con l'autorità dei sacramenti, che non tutto al mondo è spietato come le vicende che t'hanno segnato l'infanzia. Col contagocce, le lasci filtrare. Quando avevi sette anni tuo fratello ne aveva diciotto ed era impulsivo, fiero, con la rivoltella. Tua madre lo sorprese nel capanno che si faceva montare da un facchino del porto. Posta di fronte all'incomprensibile, ne parlò ai capi della setta pseudo-evangelica (non sai se quella stessa neo-catecumenale che frequenta ora) a cui apparteneva; furono d'accordo che tuo fratello era posseduto dal demonio («'ndiavulate») e che per guarire doveva passare più notti legato, immerso periodicamente in una vasca d'acqua fredda. Era inverno, i vestiti gelati gli si incollavano addosso, la tosse e le convulsioni venivano interpretate come una resa del demonio: morì di pleurite perforante e tua madre da quel giorno non volle più dormire in un letto.

30

«Quanno site fidanzati, basta 'na piazzulella pe' doje culi, po' quanno site spusati, è essa sola ca tène 'nu culo a doje piazze.»

Pendendo come lampioni cinesi, i palloncini rosa e celesti decorano il pergolato: l'uva è ancora acerba. Sui piatti s'ammucchiano i gusci, cozze, fasolari, prima per il sauté adesso per gli spaghetti. Saremo una dozzina a tavola ma le donne non sono fisse, vengono e vanno: il pranzo è di quelli impegnativi, con la milza all'aceto e la grigliata – e ho già adocchiato in cucina il mio preferito, il babà ricoperto di crema al cioccolato bianco. I più estroversi e caciaroni sono i due cognati: uno biondo e piuttosto bello, proprietario d'una "rettifica", cioè credo di un'officina dove si revisionano i blocchi-motore delle auto, l'altro titolare d'una rivendita di surgelati all'ingrosso – con una bocca da rana e due basettoni che gli scendono a metà della faccia, una cravatta di Versace coi capitelli dorati, vuol far vedere che ha girato il mondo: mi precisa che in India i gamberetti sono tigrati scuri e m'annuncia che tiene un megaprogetto, aprire un centro alimentari per il catering dei ristoranti.

«... quanno ’na femmena se fa vecchia, je s’avesse a ritirà ’o cartellino, comme pe’ ’e calciatori.»

«Eh, ’a vecchiaia viene pure ai giovani.»

«All’America ’e ffemmene se chiammano uòmmene, sì sì, wòmmen, ’o ggiuro.»

«E quanno i tiene tu sessantaquattro sessantacinc’anne, ca nun si’ cchiù buone, chella te mette ’o veleno int’ ’a menesta.»

Questa è la sorella minore, tra un bicchiere sciacquato e un piatto pulito – sto tentando di studiare il medico che dovrebbe parlarmi del nuovo lavoro di Mimmo, ma per ora sembra interessato soltanto a criticare il cibo e a disquisire sull’annata dei vini.

«I cuochi so’ tutti fetiente ’e merda, nu cuoco si te vo’ accirere t’accire.»

«’A categoria chiù fetente r’o munno so’ i cuochi, e i cammarieri...»

«No, i chiù fetiente so’ i politicanti, chella è ’na razza traditora, e cagnano bandiera e so’ vigliacchi.»

Il padre non può mangiare quasi niente perché è sempre in attesa dell’intervento chirurgico, ma la figlia gli ha preparato una specie di passata di ricci di mare, per non escluderlo dal festino – dopo un paio di cucchiaiate s’è alzato da tavola e s’è steso sulla panchina di cemento, da dove segue la conversazione.

«A Marcinelle, sì tante ce n’erano ca se ricevano fidanzate, ma erano adeguate sulo a calmà l’ansia r’o possesso fisico libbidinoso...»

«Chelle erano vaches overamente, no ’e vvacche pazze...»

«Con la differenza che a consumarle non c’era pericolo.»

«’O pericolo c’è stato sempe, mo’ ’o tirano fòre pe’ fà nu piacere all’Ucraina, mo’ che l’argentine aveveno truvato ’a manera ’e nun pavà ’e ttasse, passando attraverso ’o Belize che è stata ’na colonia inglese, voi c’insegnate, prufessò.»

«Purtroppo non so niente di questioni economiche, all’università ho fatto Lettere.»

«Però vuje ne capite ’e vaches...»

«Io tendenzialmente sono vegetariano, ma si può sempre cambiare.»

(Un'occhiata preoccupata di Mimmo.)

«Ah, non si discute, sono scelte personali.»

«'O ssapite che 'e vvacche se so' fatte pazze perché l'hanno costrette a diventà carnivore? Je reveno a magnà carne 'e pecora.»

«No, farina composta con le ossa di pecora.»

«Be', sempre proteine animali so', nun cercà piettene 'e quindece.»

Sonia e il medico, Ciro Vigilante si chiama, sembrano molto amici, s'intendono a occhiate e nelle battute si spalleggiano. Domenico è un po' intimorito, ma in un momento in cui lei nel ridere s'è scomposta, con la scusa di sistemare una lampada le s'è accostato da dietro e le ha tirato su la scollatura; di quanti desideri lo sto privando, e perché lui se ne lascia privare?

«'A carne r'o chianghiere 'e Capaccio è meglio 'e chella argentina, ca nun ce sta 'o cortisone.»

«Assaggiate 'sti funghi, prufessò, Pascale l'ha cugliute isso int'a riserva naturale, int'o parco, primma ch'apreva a 'o pubblico, 'sto figlio e 'ntrocchia.»

«È partita Mariuccia pe' l'Argentina?»

«Ah che v'o ddico a ffà, chisto è nu bijou: in Argentina e in Venezuela hanno mannato a Mariuccia che parla 'o rrusso e legge benissimo l'arabo; invece a Caterina ca sape 'o spagnolo l'hanno mannata in Australia.»

«Pe' 'o migliore utilizzo 'e risorse.»

«Mariuccia sa il russo?»

«Eh, qua ce sta 'o boom r'o rrusso, tutti s'o stanno 'mparanno...»

«Come, prufessò, nun sapite che ospitiamo tra noi un ambasciatore della Russia?»

«Nun facite ammuina.»

Un signore in fondo alla tavolata, che finora ha parlato pochissimo e ha l'aria del vecchio maggiordomo d'una famiglia patrizia, appare infastidito dall'indiscrezione. Mi mostrano un bizzarro documento, pieno di timbri e scritto in francese: "par la présente nous faisons savoir à tous que le citoyen de la République italienne", poi al centro del foglio in maiuscole "Mariano Fiorillo", e sotto "est nommé consul itinérant chargé de la charité dans le monde" – in calce ci sono due firme, una con la dicitura "Président du soviet suprême" e davvero a penna, con l'equivalente a macchina tra parentesi, "Eltsine B.N.", l'altra con la dicitura "Ministre des affaires étrangères", e accanto "Kozirev A.V." e la data: "Moscou 20 octobre 1993". Gli sgorbi potrebbero essere di chiunque. Tutti sostengono, anche Domenico, che il documento è autentico, ma non si vede perché in Russia, per rilasciare credenziali a un italiano, debbano scrivere in francese.

«Chisto è 'o nostro presidente carismatico, s'interessa d'assistenza ai meno fortunati.»

Poi salta fuori che è presidente del locale circolo di caccia e pesca. Decisamente non è a suo agio, quando continuando a lodarlo una delle ragazze dice che ha impiantato a Nocera un centro studi con quaranta dipendenti, «non dipendenti» corregge, «chille so' amici» – di colpo la mamma si lancia in una dichiarazione d'amore appassionata: «se io cadrei malata, che avrei bisogno di sangue, m'o facesse da' da isso che è sangue nobbile», poi tace vergognosa. Cala un istante di silenzio, il discorso piega verso le associazioni di volontariato, le colpevoli assenze dello Stato e le difficoltà d'organizzare comunque le cose in Italia («pe' l'Italia ce vo' 'a pressa»).

«Perché, di come si spende il denaro in televisione ne vogliamo parlare?»

Mariuccia è un'amica di Sonia che lavora a Mediaset come redattrice d'un programma sugli italiani all'estero; sprechi, elicotteri, deltaplani, cinismi su orfani e vecchiette illuse...

«Prufessò, primma 'a capa d'e' puverielli era accussì... (il "presidente" mi mostra un sottobicchiere bianco)... po' ce venette nu segno, nu segno 'e comprensione ca nun se poteva cancellare chiù, allora le multinazionali ci hanno pensato, e pensa che ripensa, hanno ienchiuto 'a capa d'e' puverielli accussì... (riempie il sottobicchiere di tracce confuse che s'intersecano)... ca nun se capisce chiù nniente uguale: chest'è l'informazione, prufessò.»

«È chiù meglio la Carrà, pecché 'e sorprese so' vere.»

«Chella 'na professionista è, una delle poche, tène n'esperienza dietro...»

«No, chella l'esperienza 'a tène davanti...»

«Beata lei che cià Japino, e ogni tanto pò smette 'e cumannà, si rilassa...»

(Strana, quest'osservazione di Sonia: m'accorgo ora, tra l'altro, che è l'unica donna che sia rimasta sempre seduta – forse rispettano il suo statuto di ospite, per quanto di famiglia.)

«Guaragna chiù 'e duecento milioni a puntata, ma perché nu giuvinotto o una ragazza s'ha da accuntentà 'e faticare onestamente, quanno vede che int'a televisione in un'ora se guaragna cchiù 'e chelle ca isse in un anno intero? Io aggi' a faticà pe' nu milione e duecentomila 'o mese?»

«È questo che rovina anche le nostre professioni cosiddette intellettuali, e scoraggia dal fare seriamente ricerca.»

(Mi sono rivolto al medico, con cui il terreno s'è un po' ammorbidito dopo che abbiamo scoperto una comune passione per Picasso: conosce anche le litografie di Caracas sul Minotauro.)

«Già, simmo tutti vittime d'o pregiudizio: se la ricerca non tenesse limiti di tempo e di denaro, si arriverebbe a cavare l'acqua perfino dalla sabbia.»

«Ah io pregiudizi non ne ho: sarei disposto a trasportare droga tra le pagine dei libri, basta che siano pochi viaggi e partite pesanti; in fondo sono incensurato e insospettabile.»

«Uh, prufessò, che dicite? Nun parlammo 'e cheste brutte cose...»

«Prufessò, avete visto il binocolo di Tonino?»

Passa per le mani e arriva alle mie un binocolo a raggi infrarossi, che permette di vedere le navi ancorate nel porto di

Salerno nonostante la lontananza e l'oscurità, con le piccole scialuppe alonate di verde.

«Cu chisto aggio veduto 'e lupe int'a muntagna.»

«Seh, pure 'e zizze 'e Teresa quanno rurmeva c'a fenesta aperta.»

«Pure chello ca nun avive a veré, quanno steve 'ncoppa all'albero 'e crisommole...»

«Questa storia qua a 'o professore non interessa.»

«Ch'hanno cacciato 'e ppistole a rint'a sacca e hanno ritto "prega", poi l'hanno sputato...»

«Mo' che ci azzecca 'o sfreggio, 'illo pa sa sprucetà nz'ietta 'ascia 'o cirine, 'sto sfaccimme 'e stutammocca...»

«Nun parlà accussì dialetto, ca 'o prufessore nun capisce, poi pensa ca simmo terrune.»

«Ha parlato Bolzano.»

«Tanto chi glieli porta i soldi a Bossi, i siciliani, o no?»

«Non li portano in Svizzera?»

«Uh, ancora alla Svizzera state...»

«Voi di dove siete, prufessò?»

«Sono emiliano.»

«Io ci so' stato dieci anni 'a chelli pparte, so' ggente molto ospitale.»

(D'improvviso il cognato proprietario della "rettifica" attacca a cantare in un milanese da macchietta, in mio onore credo, con un leggero slittamento geografico.)

«... incoeu me sento in vena | de fà el sentimental, | la nott l'è insci serena | me sento mal... o mama mia | mi sun luntan | e vuraria turnà a Milan...»

Le note stonate forniscono la misura dello svacco e provocano un quasi simultaneo alzarsi da tavola, prima il sedicente console e pian piano gli altri, continuando le chiacchiere.

«Eh, 'o sentimentaaal, comme chella ca scenneva 'e scale e nun careva maie... caro professore, in questa società di materialismo sfrenato 'o sentimento è muorto, e si si' sentimentale t' 'o piglie 'n culo...»

«Guardate Bassolino, spende ottanta milioni pe' nu pranzo, 'o comune se more 'e famme e isso vive comm'a nu rre.»

Cerco di chiedere a Mimmo se è il caso d'intercettare il medico per via del nostro colloquio, ma dice che è troppo tardi, tanto ha saputo che fra pochi giorni deve salire a Roma, «voglio dimostrarti, darti uno schiaffo morale, ho deciso di cambiare paradigma». In cucina le donne stanno già spicciando, la mamma sembra particolarmente serena stasera, per far ridere i bambini gioca con gli stuzzicadenti («me stevo struzzanno cu' n'aseno 'n gola, mo' l'addrizzo ca vola»). Prendono in giro la nipote più grande, la dodicenne, perché pare abbia già il fidanzato, «si chiama Libero ma lei lo chiama Free».

Fuori s'incrociano le invettive e gli scalpori contro le smargiassate, le sette ville sarde di Berlusconi, il paesano che ha fatto sposare la figlia al carcerato e tutte le mattine, al banco dove la sposa ancora illibata lavora, arrivano cento rose rosse. Invenzioni, dismisura – inevitabili quando ci si rapporta ai nudi fatti. Nel buio rappreso intorno alle fette vive del cocomero, Mimmo mi dà un bacio di striscio rasente alla staccionata del fico: «Sono orgoglioso del mio tòpolo che si trova bene in qualunque situazione».

31

Giornata folta, da non lasciare spazio ai commenti. Ignoravo persino che lo sapesse guidare, il camion: le quintalate d'elettrodomestici rotti e parti ossidate di containers erano da recapitare a una discarica nella zona di Paestum, sufficientemente lontana dai templi. Mimmo non ha voluto fare colazione, si sta infilando nelle fessure del suo ambiente con la tesa cautela di chi ha smesso di scappare. Enuresi notturna fino ai quindici anni, m'ha riferito la sorella. Spero solo che non scompaia quella sfumatura di scusa dal suo sorriso. Stamane prima di partire l'ho sentito dal terrazzo che alzava la voce contro il padre e la madre perché si rifiutavano d'andare insieme in banca a estinguere un conto, «è inutile ca ce mettete 'o rum, ca 'o strunzo nun diventa mai babbà» – il padre è uscito che era rosso in faccia e camminava con la testa un po' incassata nelle spalle.

«Quando ci andiamo a Lisbona, amoricchio? ho bisogno di passare un po' di tempo solo con te.»

Per mezz'ora la strada si è srotolata bianca attraverso una campagna intatta, poi di colpo siamo confluiti in una superstrada ventilata da una quantità abnorme di cartelli, giganteschi anche per minuscole trattorie o una qualunque discoteca; Mimmo non nota il cambio di paesaggio, che sia impermeabile alle categorie estetiche in fondo è una fortuna. L'erezione in se stessa fa di noi degli sconosciuti nella taiga familiare; sempre pronti a ritrasformare il rito in stupro. Dove ci fermiamo per fare il pieno, i benzinai hanno gli occhi di chi può uccidere a pagamento ma mai oserebbe un desiderio controcorrente; il più tarchiato ha uno strappo nella tuta e si intravede un crocione d'oro tra i peli. Prima di salire a Roma, Mimmo frequentava un gruppo di "bambini di Dio" – credo sia ancora convinto, nelle cantine del cuore, che l'omosessualità è un peccato mortale. Dunque quello a cui ha rinunciato per me non è niente di meno che *la salvezza eterna*, e quando diceva «ti sto dando l'anima» non era solo una frase. Lo guardo al volante e mi gonfio di vanità. (Ma perché mi vengono in mente i pesciolini di Essaouira, così affezionati alla pozza in cui li imprigiona la bassa marea che non se ne vanno neppure quando tornano a essere in comunicazione col mare?)

Non è stato facile imbroccare la deviazione per la discarica ma poi era impossibile non vederla, una landa pentagonale di cemento a gradoni, con una vasca nera ellittica al centro; ci ha accolto un giovane biondo con addosso nient'altro che gli shorts – non sembrava il minus habens che s'è rivelato dopo, anche se quando gli ho chiesto della cicatrice sulla schiena stentava a capire, qua' cicatrice? Quella che ha lì lunga quaranta centimetri, «eh, 'a vita è 'na strunzèscion», è stato tutto. Ma il peggio doveva ancora venire: mentre gli addetti scaricavano ci ha offerto un caffè in ufficio e poi ha voluto mostrarci il capannone con le vasche d'acido per sciogliere le plastiche. Siamo entrati e la serranda s'è chiusa dietro di noi: quando abbiamo cercato d'uscire, il comando a distanza non funzionava più e il biondo ha cominciato a dire che il led lampeggiava già da due giorni e che se l'aspettava; va bene, non c'è uno sblocco a mano? C'è ma s'è rotto, dovevano venire a ripararlo. Da non crederci. Abbiamo provato a chiamare gli operai ma eravamo fuori dalla loro vista, e anche dall'udito, e staccavano a mezzogiorno, cioè dopo cinque minuti; cosa propone di fare adesso? Abbiamo telefonato all'emergenza ma il telefono squillava squillava e non rispondeva nessuno, dovrebbero esserci ventiquattr'ore su ventiquattro. Infatti. Meridionali di merda. La soluzione creativa l'ha trovata Mimmo, con una batteria per auto che stava impolverata nel ripostiglio: ha collegato dei fili, poi questi coi poli positivo e negativo della pila del telecomando e l'impulso è partito, liberandoci. L'ha fatta lunghissima con la postura di trionfo, che ci saremmo intossicati coi gas eccetera; per poco non s'è messo a pisciare dappertutto per marcare il territorio. Però è stato bravo, devo riconoscerlo.

Senza scomporsi, come se non fosse stata minimamente colpa sua, il demente ci ha rilasciato la ricevuta mentre si preparava il pranzo, salame zucchine e mozzarella – richiamato dall'odore un cane macilento è arrivato di trotto e ha cominciato a raspare intorno al cestino. «Mo' hai fernuto 'e scassà 'o cazzo» ha detto il minus habens estraendo da dietro la porta un arpione di quelli per la caccia subacquea, con tre punte acuminatissime – «lo portiamo via noi, lo portiamo a casa» ci siamo messi a gridare subito, Mimmo istintivamente s'è chinato sul cane ad accarezzarlo contropelo; l'abbiamo attirato sul camion sventolandogli delle bucce di salame. Col cane che guaiva ci siamo fermati nella piazzetta davanti a una banca, e lì è bastato girare l'angolo per trovarsi i templi di fronte. Non ci venivo da trent'anni e forse allora il museo non c'era; non ricordavo la metopa di Ercole che cattura i Cercopi – una scena di cannibalismo possibile, due guerrieri appesi a una stanga per essere venduti al mercato, legati a testa in giù come capretti: l'altra faccia del sole mediterraneo.

Tornati a Vietri e riconsegnato il camion credevo d'essere alla fine d'una giornata frastornante, invece non eravamo neanche a metà. La sorella che s'è sposata due mesi fa ha ritirato il test e ha avuto la certezza d'essere incinta – le congratulazioni non bastavano, Mimmo ha voluto a tutti i costi regalarle qualcosa di corallo, pare che sia tradizione; qui in paese hanno solo cose orrende, bisogna cercare ad Amalfi. Sei sicuro? Sono quasi le quattro. In due ore si va e si torna, se non vuoi venire aspettami qui. Lo sai che ormai ti seguirei dovunque.

L'ha detto Max Biaggi, credo, che la velocità è una forma di silenzio; anche perché i tornanti della costiera così a picco e stretti, con gli archi di roccia sporgenti, impongono concentrazione. Finché non abbiamo parcheggiato sotto il monumento a Flavio Gioia. Al terzo laboratorio di semi-precious stones ha trovato una collana a torcione realmente molto bella, e carissima (che ha pagato con una carta di credito a me ignota). Tra le porte girevoli d'una gelateria il profilo e il ciuffo e la maglietta riflessi in disordine m'hanno restituito l'idea d'incontrarlo per la prima volta, se il ciuffo sventola come una bandiera è perché i capelli si stanno diradando. Un corpo che si modifica nel tempo è un oggetto così ricco di anfratti che mi vergogno d'essere un tale principiante, alla mia età. Un vecchietto grinzoso ci ha fatto entrare nel chiostrino arabo del Paradiso e lì finalmente il silenzio s'è sciolto; Mimmo m'è venuto vicino, mentre ammiravo perlustrando: «Lo so, amore, quali sono le cose veramente valide, se mi dai tempo ci arriverò».

Così al ritorno mi sono sentito autorizzato: «Hai mai provato a chiederti con un po' d'attenzione perché fai sempre regali così costosi alle tue sorelle?».

«Forse perché da piccoli non abbiamo avuto niente.»

«Però addirittura rischi d'indebitarti, ti ricordi in Marocco coi tappeti, che se non ti fermavo...»

«Non mortificarmi.»

«No, pensavo alla differenza con me: io i miei li aiuto, alle ricorrenze i regali glieli faccio, ma proprio per *sdebitarmi*, cioè per non essere disturbato.»

«Ho sete.»

«Aspetta, siamo arrivati.»

«Ma io ho sete.»

«Ti proibisco di fermarti adesso.»

32

«Mi piace...»

(mi dice bevendo)

«... partecipare ai loro momenti magici, così li vivo anch'io, i fatti della loro vita di donne.»

«È questo, sì, hai nostalgia del mestruo che scorre, e di quello che ti manca; è come se volessi scusarti di fronte a tuo padre.»

«Con mia madre, povero cristo, la giovinezza non l'ha vista proprio.»

«T'invidio, sai: quando avevo tre anni per me mio padre era già un uomo di cui provare ribrezzo; per questo poi mi sono sempre rifiutato d'abbandonarmi al destino, perché aveva le mani di mio padre.»

«Quanto hai sofferto, pure tu.»

«Chissà, forse le tue sorelle sono la parte di tua madre che hai fatto in tempo ad amare da piccolo, prima che diventasse...»

«Non starci troppo a ragionare sulle cose, lo so come fai, che a forza di pensarci poi pensi che non vale la pena.»

Già si vedevano le prime case di Raito e si sentivano le campane della chiesa, abbiamo raggiunto sulla salita il cognato con le due bambine, la più piccola in adorazione del nuovo cane che però se ne stava con la coda e le orecchie abbassate, diffidente. Lasciata la macchina di traverso sulla punta del bivio, siamo saliti con loro fino al belvedere; la bambina è corsa dal nonno impegnato in una partita a briscola, c'erano cinque o sei tavoli e su ognuno i vecchi reggevano con le mani un cartone piegato per impedire che il vento scompaginasse il gioco. Il cane ha preso la rincorsa, c'è stato un urlo poco umano e la bambina aggrappata dall'esterno alla ringhiera – poi Mimmo che sembrava sospeso in aria e la bambina immusonita tra le sue braccia, lui che se la mangiava di baci ripetendo «palletta, palletta di zio». Quando le ho toccato una manina, era fredda come il marmo.

Ora davvero di batticuori ce n'erano stati abbastanza, Sonia aveva portato sei bottiglie di champagne e le battute su come nascono i bambini si sprecavano; col moltiplicarsi dei brindisi s'è alzato il livello della volgarità – Sonia s'è messa a raccontare una storia tremenda, d'una signora che amava un papero e d'un malcapitato che, invitato dalla signora a passare la notte con lei, s'era ritrovato al momento cruciale, mentre lei gli sussurrava dolcemente «non hai mai fatto l'amore con un amico?», il becco del papero tra le chiappe. Tra le risate qualcuno cominciava a prendere le bottiglie vuote e a farle esplodere infilandoci una carica di zolfo. Il nipotino con la testa rapata s'era ubriacato e invece di rimproverarlo tutti vantavano la loro prima sbornia, in genere precocissima – poi l'hanno afferrato per le braccia e lo facevano volare con la capriola, il suo cranio sfiorava un gradino di cemento; già immaginavo pozze di sangue e stridi d'ambulanza, rimorsi indelebili – macché, le ragazzette provavano se ai gattini neonati piaceva il gelato, li staccavano di prepotenza dai capezzoli della gatta e rischiavano di soffocarli sbattendoli col muso nella fragola; i cognati si esibivano in un campionario di rutti e abbracciavano la futura mamma («nuje facimmo 'a festa e llòro facettero 'o festino»), seppellendo lei e il marito sotto una valanga d'allusioni oscene e affettuose – tanto che le ragazzette avevano lasciato in pace i gattini e se ne stavano incantate ad ascoltare le porcherie. La vitalità pura di solito m'intimorisce e un poco m'immalinconisce, ma stasera pur assistendo appartato navigavo di conserva, affiancando all'azione degli altri un mio rosario ritmico: «dovremmo dare più credito allo champagne» componevo mentalmente, «zio della vite che vedova s'abbranca» – mi sembrava che gli occhi di Mimmo brillassero come falò dietro un'incerata, imploravo i suoi punti nudi come le ascelle, «zigomi da principe | e principesche narici | su gambe da garzone». Di striscio m'arrivavano frasi più secche, Mimmo che diceva a Sonia «figurati se me la passavi liscia» e lei che rispondeva «'o scetato d'a coppia si' tu»; ma nell'insieme navigavo nel migliore dei budini possibili – avevo un gran sonno ma volevo che a letto m'accompagnasse lui («mi vieni incontro a bimotori accesi | e rombando inclinato mi raccogli») dopo un massaggetto alla schiena («si te fà 'o massaggetto, poi te ne vaie a cuccà?»).

Se per via della schiena non me lo sconsigliassero tutti, vorrei farlo il bungee-jumping con lui; che cretino che sono stato a tentennare sul suo corpo da centauro – come se non vedessi i pregi d'un cazzo mitologico. L'antitesi che conta è quella tra restare nel barattolo o finire nell'impasto. Se regali metà della farina la tua focaccia risulterà più digeribile e quel che vale per la farina vale per la libertà...

Mi sono addormentato sragionando ma devo aver dormito pochissimo: ricordo d'aver sentito le due al campanile, adesso sono le tre e dieci. Mimmo non s'è ritirato a dormire, la casa è immersa nel buio e nell'ora, questa casa dove tutti hanno costruito qualcosa – i pantaloni verdi divaricati sulla poltrona in posizione sconcia, è venuto a cambiarsi approfittando del mio coma alcolico ma è uscito subito dopo.

*

La gelosia, naturalmente: perché non dovrebbe intrecciare il suo corpo a quello d'un bell'uomo o d'una bella ragazza? In questo periodo, poi. Se uno ha una fuoriserie veloce e non la sa guidare, perché mostrarsi egoisti tenendola ai box? Ma chi, l'idraulico che ha baciato sulla guancia l'altro ieri, la cameriera della birreria? O forse Sonia aveva dei casini, è notorio che i suoi casini sono sacri. Un'altra forma di gelosia, più insidiosa. Sono rimasto in questo stato, appiattito come una gomma sgonfia, per tutta la notte – quando alle sette è rientrato ho avuto la tentazione di godermi il privilegio di sospettarlo traditore fingendo di dormire; è con privilegi di questo genere che ho sempre difeso la mia separatezza. Invece ho acceso la luce: «Com'era, carino o carina?».

«Dovresti sentirlo, topo, che io non posso farle certe cose, sentirlo come una musica.»

«Dove sei stato, allora?»

(S'avvicina e m'invade con un profumo di gelsomino andaluso, l'offertorio in primo piano.)*

«Quel giorno t'ho messo nelle mie pupille e ho chiuso gli occhi.»

«Sembra un quadro di Bruegel, la parabola dei ciechi.»

Temevo un discorso serio – è arrivato un racconto spiazzante, così scemo che non può averlo inventato: mentre sta-

* *Nota '98.* La mia colpa maggiore, e forse l'unica, è che in centosessanta pagine non sono riuscito a descrivere uno solo dei suoi sorrisi *veri*. Se fossi riuscito a *incollarne uno sul foglio*, così vivo da forare la carta, Mimmo ne sarebbe rimasto folgorato – la crudeltà sarebbe stata percepita per quello che era, cattiveria extrapersonale, e su quel piano avrebbe avuto risposta. Lui non avrebbe potuto prendersi un vantaggio così sleale.

va sbarrando il cancelletto che dà sulla strada di sotto, sono passati dei vecchi compagni di scuola che gli hanno proposto uno spinello; io ero già andato a letto e poi non insisto sempre che deve avere una sua vita autonoma? Insomma ha accettato, si sono fatti una teresina e alla fine hanno giocato a tenere la mano aperta su un tagliere di legno, conficcando un coltello sempre più velocemente negli interstizi tra le dita; m'ha mostrato uno sbrego sull'anulare.

«Sei pazzo.»

«Sì, sono pazzo...»

(con la risata del diavolo della Tasmania)

«... sono pazzo e ti strozzo con la coperta di pizzo...»

«Smettila che è tardi.»

Di Mimmo, anche nelle fasi meno entusiasmanti, continuano a commuovermi i dettagli: l'arcaicità delle sopracciglia, la perfezione delle labbra. Per impadronirmene non ho altro modo che impadronirmi dell'intero, cioè della realtà. C'è un'immagine soprattutto, in cui entrano i suoi lombi illuminati d'azzurro, la posizione a quattro zampe, i capelli elettrici e la bocca rivolta al cielo. Un'immagine che per quanto mi è cara sarebbe degna d'entrare nel repertorio delle icone intemporali – ma la memoria mi garantisce che si tratta invece di un'istantanea, potrei precisare il come e il dove. E allora, se quello che ho sempre proiettato nell'iperuranio è entrato a far parte, anche per una sola volta, del mio patrimonio d'empiria, vuol dire che la realtà è ormai mia socia in affari e che non posso disdire il contratto a meno di restituire i benefici. Si chiama, credo, debito d'onore. Un attimo di cronaca ha fatto precipitare l'assoluto e l'ha incastrato per sempre. O magari è solo la vecchiaia.

Ci hanno fatto un discount, mia madre
giustificava perfino le ruspe –
figurarsi – perciò se penso
alla curva di vaso, non tanto alla tua

dall'orecchio alle labbra, ma se penso
per esempio a due vite una dentro
l'altra, come la ceramica
e il suo supporto...

Aggrappato alle caviglie dell'angelo
grido «su quell'uomo c'è il mio
marchio», quella bombata intercapedine
è l'unica casa che ho.

33

I nostri corpi si toccano di meno, ormai, ma i nostri sogni s'intersecano: se lui sogna una grande pianura io la stessa notte sogno un atterraggio forzato, lui dice sai m'avevano processato e io mi sveglio contento d'aver vinto il concorso in magistratura.

«Sarà perché ti voglio sempre dire delle cose e non ci riesco mai.»

«C'era bisogno di cercare un lavoro che richiede tante spiegazioni?»

«Se no tu pensi che voglio farmi mantenere.»

«Ancora, me lo stai rinfacciando?»

«Mi sfruttano, non mi lasciano scrivere, mi sporcano i portacenere, mi rompono tutti i soldatini...»

(Imita le mie lagne spingendo avanti il mento e le spalle e muovendo il labbro inferiore come se fosse un cammello che rumina.)

«Dài, che sta arrivando 'sto Ciro.»

«Non abbiamo niente da offrirgli, c'è solo dell'uva.»

«Io non scendo, a me mi fanno male le gambe.»

«Anche a me, me l'hai attaccato tu.»

«Lo sapevi che l'amore era infettivo...»

(la melensaggine dei luoghi comuni si offre come uno sciame di villette a schiera, perfettamente abitabile)

«... poi l'abuso di farmaci ha reso i germi più resistenti e...»

Apre le imposte del terrazzo e il sole scavalcandolo lo disegna; "ormai lo so che c'è lì dentro" penso mentre i rivetti metallici gli brillano sui jeans. (E che c'è? Merda, ma merda che diventa tritume di stelle liofilizzate.)

«Eccolo.»

Ciro Vigilante è chino sui nomi del citofono, gli apriamo prima che suoni; alla cena m'era parso meno nevrotico, non ricordavo quell'ansiogeno anticiparti sempre un attimo negli atteggiamenti e nelle risposte, come se temesse d'essere colto in fallo d'ingenuità. A vedere i miei libri subito racconta d'un suo collega che si sarebbe lamentato con un libraio, «tengono nu prezzo abissale, non è che posso fà un leasing tutte le volte che *mia moglie* vuole leggere un libro». L'unica cosa che leggono i medici sono i dépliants delle case farmaceutiche, i cosiddetti bugiardini, la professione li esime dalla cultura. Qui da me, certo, si respira un'altra aria.

«Qui tutto succede per incanto, hai visto?»

«Eh certo, apriti Sesamo, sì; quindi posso andarmene, sai già che cosa sono venuto a dire.»

«Macché, Domenico non ha voluto anticiparmi niente.»

«Mimì tiene un'alta stima di te, ha premesso con molta onestà che non intendeva accettare senza aver ascoltato il tuo parere.»

«Ne sono lusingato, ma sono tutto meno che un'autorità in campo sindacale.»

«Be', non è l'aspetto economico che è focalizzato in questo caso: credo che quel che interessa, correggimi se sbaglio, sia di essere sollevato da uno scrupolo morale...»

«Si può sapere di che diavolo di lavoro si tratta, ormai m'avete incuriosito da...»

«Morire, già già, non voglio creare della suspense, be', si tratta di trasportare in tempi rapidissimi agli ospedali, che sono attrezzati per questo, in aereo o in auto, o con qualunque altro mezzo, naturale, gli organi freschi che servono per i trapianti.»

«È un lavoro buffo, ma non ci vedo niente...»

«Di male, già. Il fatto è che i metodi che usiamo sono, come dire, non convenzionali.»

«Nel senso che ammazzate giovanotti in giro per il Sud e li vendete a tranci?»

«Hi hi, questa è esattamente la reazione che m'aspettavo, da come Mimì t'aveva descritto...»

(Mi irrita che chiami Domenico con quel diminutivo da café-chantant.)

«Io m'occupo soprattutto di libri, come puoi notare, e ho letto che quello dei trapianti sarà il grande business del futuro, s'arriverà a un uomo fatto tutto di pezzi trapiantati.»

«He, la ricerca e il denaro non sanno vivere l'uno senza l'altro, si stanno a fottere sempre...»

«E quindi sarà il grande reato del futuro: rende più dei sequestri e conviene perché è più facile reperire la materia prima, che non dev'essere socialmente qualificata, anzi, e soprattutto non ci sono le spese e i rischi dello stoccaggio; senza contare che dai pezzi separati si ricava più che...»

«Dall'intero, già già, – e se vogliamo continuare il paradosso, diciamo pure che il futuro economico del terzo mondo sta, insomma, nel suo ruolo di fornitore, hi hi, di pezzi di ricambio...»

«Volete smetterla voi due, cominciamo a parlare seriamente?»

«Sul serio, Domenico: da un bambino di strada in Brasile, che non costa niente e che nessuno reclama, ci puoi ottenere organi per centomila dollari.»

«Ma anche, hi hi, senza arrivare a questi estremi plateali, diciamo, se si offrono cinquecento dollari a un indiano per un rene, dall'altro lato c'è qualcuno che è disposto a sborsarne sei o settemila...»

«Del resto, lasciati al loro livello di condizioni sanitarie e alle loro medicine tradizionali, metà sarebbero morti: li abbiamo mantenuti in vita come riserva d'organi per noi.»

«Sì vabbe', siete tutti e due molto intelligenti, ma mo' m'incazzo se continuate a evitare il problema.»

«Ha ragione, il lavoro poi è lui che deve farlo... senti, toglimi una curiosità, il viaggio in camion l'avevate organizzato per verificare come guidava?»

«Come risolveva le difficoltà impreviste, già, se l'è cavata da dieci e lode, e anche il cane è stato un attore bravissimo, diciamo che era per testare la compassione, che è una dote essenziale, sine qua non...»

«Dunque, in che senso non convenzionale?»

«Secondo la legge italiana, le donazioni devono avvenire a titolo esclusivamente gratuito, lo dice la parola stessa, o per volontà esplicita del defunto, quando ha potuto esprimerla, o per consenso di chi rimane: questo nel caso di organi espiantati post mortem, nel caso di organi espiantabili da viventi, per evitare compravendite cosiddette illecite ormai è approvata solo la donazione tra consanguinei.»

«C'è un giro di cliniche...»

«Compiacenti; no, è più complicato, perché in Italia le équipes che sono in grado, non fumo grazie, di fare i trapianti sono poche e tutte registrate nelle strutture pubbliche...»

«Quindi sono le équipes che devono essere convinte.»

«A parte che c'è un caso a Napoli... ma non è la questione, a me medico non interessa la provenienza d'un organo, giusto? l'importante è salvare una vita.»

«Credo che per Domenico sia importante sapere a quali sanzioni potrebbe andare incontro: se ci sono reati connessi all'offesa di cadavere o...»

«No, che cadaveri, ueh, illeciti, illeciti di scartoffie che lui non sa né leggere e nemmeno scrivere, lui fa l'autista, fortunatamente al Sud esistono famiglie molto numerose...»

«Controlleranno se si falsificano le parentele.»

«Eh, che piacere parlare a un cervello veloce: i controlli non vengono fatti sulle persone ma sulle carte, e le carte volano...»

Mi par di capire, tra le schermaglie, che c'è un'organizzazione per la cessione di organi a pagamento, con una rete di procacciatori e il necessario corredo di documenti falsi: con garanzia di protezioni politiche per qualche pezzo grosso delle amministrazioni ospedaliere che s'incarica di rendere elastiche le liste d'attesa. Naturalmente un'organizzazione di questo genere non può rivolgersi alla Nord Italia Transplant o ad altre società autorizzate per il trasporto degli organi. La responsabilità di questo stato di cose, come dice Ciro, è dell'eccessiva rigidità della legislazione e del moralismo ipocrita della convenzione bioetica europea, per cui le «parti del corpo non possono essere in quanto tali oggetto di profitto». Negli Stati Uniti, per esempio, la figura del "rewarded donor" è pacificamente riconosciuta. In fondo non si tratta che del gioco della domanda e dell'offerta: se sono ricco e sono in dialisi da molti anni, e trovo un povero che vendendo un rene si procura i soldi che gli servono per maritare la figlia, quale istituzione o quale accolita di sapienti mi possono impedire di concludere il contratto? Se è normale vendere la forza lavoro, o la fica, perché non il pancreas? Anzi, un'organizzazione che opera in Italia evita a molti connazionali di dover andare a fare la stessa cosa all'estero, magari in paesi dove l'igiene non è garantita.

«E per quest'impresa di carità, qual è il guadagno?»

«Per Mimì sarebbe, be' all'inizio, diciamo il dieci per cento dell'operazione, più o meno io credo intorno a settecentomila al viaggio...»

«Mi sembra poco.»

«Ma ci sono gli extra.»

«Sì sì, con Mimì ne avevamo già parlato, mentre il viaggio si fa si può utilizzare per qualche altro piccolo trasporto, poi naturalmente la quota aumenta per i viaggi più difficili, insomma diciamo, fatte tutte le somme, cinque milioni al mese.»

«Accidenti, guadagneresti più di me, che mi limito a trapiantare bischerate in crani studenteschi, con forte percentuale di rigetto.»

«Iamme, mi dispiace di lasciare una compagnia così simpatica, ma mi pare d'aver espletato il mio compito, voi potete tranquillamente parlarne, direi che ci siamo intesi, d'altra parte ero sicuro, devo essere prima di mezzogiorno alla clinica del Buon Pastore, è lontana di qui?»

«No, è sull'Aurelia, ma ti ci porta Domenico, così avrai un'altra prova della sua abilità di pilota.»

«Te ne vai subito? Non possiamo offrirti qualcosa, uno sfizietto?»

(È matto, lo sa che non c'è niente in casa.)

«No grazie, devo scappare veramente.»

«Se restavi a pranzo, c'era rognone.»

«Lui pur di piazzare una battuta...»

«Posso farti un'ultima domanda seria? Quelli che vendono i propri organi sono tutti adulti consenzienti, spero.»

«Hi hi, uno come te non si trova, a cercare il mondo sano...»

«E quando si prendono dai cadaveri, sono morti di morte naturale?»

«Be' no, anzi, un momento, quelli morti di morte violenta sono più pregiati perché gli organi sono conservati meglio.»

«Voglio dire, l'espianto è la conseguenza, non il motivo della morte...»

«Non ti credevo razzista, tu ci offendi.»

«Scusa, devo spiegarti, allora: non so, sembra uno scherzo del caso ma questa faccenda degli organi m'ha sempre attratto morbosamente, quella storia a Montes de Oca, per esempio, in Argentina, dove hanno dissepolto milletrecento cadaveri e tutti erano stati privati di qualche organo, o quel contadino in Messico che hanno rapito a un crocicchio e s'è risvegliato in ospedale senza gli occhi...»

«Questa è una tematica tua, be', io devo andare, è meglio che chiamo un tassì, mi sono ricordato che tengo un coupon.»

Ci siamo lasciati piuttosto freddi. Mimmo mi convoca in cucina, ha preparato davvero un dolce, inventandoselo, acini d'uva e qualche cubetto di melone recuperato da un residuo che stava in frigo, col maraschino e una spolverata di pepe, buonissimo.

«Ci sei riuscito a farlo arrabbiare.»

«Non credo, ma tu la vuoi fare davvero questa follia?»

«Perché follia, scusa, vuoi che stiamo sempre a sognarcele, le case?»

(La voglia di ricchezza è tabù, perché in quel campo è lui il sincero; tocca un punto delicato, il nostro equilibrio attuale rasenta l'astenia e quindi ha bisogno d'iniezioni ricostituenti, che costano...)

«Se non altro, c'è una certa coerenza morale: quando si sguazza nell'ingiustizia, la pretesa d'essere giusti è una prepotenza in più.»

«Cioè si può fare, non è sbagliato, vero? perché la povera gente deve regalarli gli organi? a loro non gli hanno mai regalato niente...»

(Per il diseredato chi è il nemico, il ricco che gli compra gli organi o l'altro ricco che gli impedisce di venderli?)

«Starai parecchio fuori.»

«L'importante è lavorare, e migliorare, finché non potremo vivere di rendita.»

«Ma sì, sarà la nostra avventura.»

«Siamo una coppia, vero? sei il mio topuscolo, solo solo per me?»

L'istinto luciferino sta per suggerirmi una traduzione ma guardo le tazze con l'uva, la cura che ci ha messo – la fierezza d'una coniugalità senza dubbi, florida di gemme. Fatemi morire così, con la primavera sugli occhi.

Me lo sono chiesto, perché ho approvato senza esitazioni un lavoro così anomalo e così miserabilmente invischiato di sottintesi, così grottesco, poco professionale e incerto. L'illusione era di *agire*, diventando *oggettivi*. Se fossimo riusciti a sfruttare la tua attitudine al movimento e la tua mancanza di paura – se avessimo compiuto un *gesto fuori di noi*, anche la normalità avrebbe avuto un senso. Per questo raccontandolo l'ho messo in terza persona (cioè con te che sei diventato una "terza persona"), perché ho pensato che in terza persona potevamo *volare*.

Invece (lo capisco adesso che è diventato un impiego come un altro), proprio in quel momento ho rinunciato a noi, a noi come entità comune, come ci eravamo promessi nella notte della candela. Se ci avessi tenuto veramente, a te, avrei dovuto insistere per farti studiare. In realtà ho lasciato che ti avviassi lungo una strada che non aveva né senso né prospettive *e che io in fondo disprezzavo*, proprio per garantirmi che non eravamo saldati una volta per tutte, che le nostre vene s'erano mescolate ma non fuse. Che non stavamo sullo stesso piano. La focaccia del nostro matrimonio non è lievitata, perché a metà cottura ho spento il forno.

34

Alla radio è ufficiale la notizia più grave del decennio: il cosmo continuerà a espandersi, il big bang non prevede ritorno, e dunque perché? «La depressione che permane sui Balcani...»: perché un mattino invece che un altro non hai voglia di lucidare i trofei? La scontentezza di sé ha un odore caratteristico, dovuto al fiato e alla digestione. Avendo associato per quasi due anni l'intimità e il sesso, attribuisco all'intimità il piacere meccanico che deriva dal sesso: sulla testiera del letto ci dovrebbe stare la foto del cane di Pavlov.

Il giardino s'arrende, si genuflette bagnato, la serranda ha sbavato sull'intonaco le scolature di vernice. Bisogna inchinarsi al destino, star fermi quando t'accarezza per ore in zone non erogene. Abbiamo appuntamento all'uscita di Padula-Buonabitacolo, lì imbarcare Sonia e accompagnarla a Nola. Quanti "no" malinconici dietro un unico "sì". La pioggia è il mio avvocato d'ufficio.

A secchiate vien giù, il tergicristallo s'è sfilacciato e non ce la fa a tener sgombro il vetro; senza fermarci provo a sporgere un braccio dal finestrino per strappare la fettuccia di gomma che spenzola ma non ottengo altro che un «imbranato» da Mimmo, sibilato senza simpatia. A fragori, a mulinelli, a torrenti che vanno verso la campagna: l'auto sbanda dalla parte del guard-rail, proseguiamo zitti come se l'assenza di tenerezza potesse affrettare i cartelli verdi che annunciano l'uscita.

Dopo un accenno di schiarita la pioggia ha ripreso più forte, ora siamo proprio nel nucleo, nell'occhio del temporale: al casello Mimmo scende a comprare una tessera viacard e un fulmine colpisce così vicino che vedo fumare la terra come se fosse esplosa una batteria di castagnette – l'allarme di un'auto parcheggiata comincia a ululare. Non ho paura. La macchina di Mariuccia non si vede: «quelle due finirà che si mettono insieme» dice Domenico con una piega sulle guance, «magari la portiamo ad Avellino con noi se no si intristisce». Ed eccola, Sonia: scende con un fazzoletto impermeabile annodato sotto la gola, si rassetta toccandosi istintivamente i capelli le spalle la cintura – come se si facesse il segno della croce. È una donna, è una donna.

Appena arriva vuole aprire il deflettore, anche se continua a piovere, e subito Domenico ha caldo anche lui. L'acqua che ho preso sul collo sta agendo sulla cervicale, lo sento. Davanti si ride d'una tizia che è stata sospesa dall'insegnamento nelle carceri perché giudicata troppo avvenente, anzi no, si ride della tizia che l'ha sostituita («'o vulesse veré 'o muso 'e chella»). S'incontra gente notevole in quelle scuole lì più che in quelle normali, per esempio un ragazzo che all'arrivo d'una pattuglia s'è infilato lui in tasca la droga che il fratello stava spacciando, perché lui era incensurato e celibe mentre il fratello teneva famiglia; a Mimmo pare ovvio, a me pare eroico, caricarsi delle colpe d'un altro. Parliamo di Ercole, di Paestum: «gli eroi» dico «avevano sempre un genitore di cui vergognarsi». Il tempio di Cerere è in restauro, la camorra ha sabotato i lavori finché non ha imposto la propria ditta appaltatrice. Immagino la voglia che ha una colonna di cadere, invidio l'acqua che in Bosnia stava irreggimentata nelle condotte d'una centrale idroelettrica e che adesso, dopo i bombardamenti, ha ripreso il vecchio corso impantanandosi felice. Per non so quale coordinazione di pensieri, Sonia ha cominciato a parlare della sua stitichezza (forse l'aggancio è stato il verbo "sciogliersi"); m'astraggo dalla conversazione, la cervicale mi tortura. Provo a farmi compiangere ma stanno già parlando d'uva e della finezza di Mariuccia che insieme all'uva, a tavola, aveva portato anche le forbicine per tagliare i grappoli; non me ne sono accorto l'altra sera, e poi vorrei fare lo scrittore. Arrivati a Nola scendo massaggiandomi la nuca, Sonia mi dice: «Dài, che non ci vengo con voi a Montevergine, 'a pò fernì 'e fà 'a sceneggiata».

*

L'appuntamento è alla pasticceria Bacchus con uno solo dei fratelli, l'altro ci aspetta su al santuario. Domenico è stato promosso («per le mie capacità, senza l'aiuto di nessuno, è una cosa molto lusingante, si può dire lusingante?») a coprire altri segmenti dell'organizzazione, come in questo caso: prendere contatto con due potenziali donatori, verificare che sia gente affidabile e fargli firmare un primo impegno. Quello che incontriamo alla pasticceria è il maggiore, trentadue anni ma ne dimostra quaranta; si chiama Serafino («eh, chi s'appiccica co' me s'appiccica co' Dio») e ha molta voglia di fare buona impressione: Montevergine è bello, peccato oggi il tempo ma va a migliorare, cacci l'uocchie sulla funicolare però è bello, si strapperebbe anche il cuore per il figlio, ammira i ladri che riescono ma ci vuole la stoffa, nostro padre ci diceva sempre che la mattina non ti devi mettere scorno davanti al sole che spunta.

Saliamo. Il minore gli somiglia molto, anche lui magro, bruno: stessa insufficienza toracica, stessa patetica inadeguatezza – li immagino all'ospedale per l'espianto, a fumare di nascosto nei corridoi come avranno fatto nei pochi anni che sono andati a scuola. Sono disposti a offrire un rene ciascuno e s'informano se col fegato si guadagna di più: il fegato non è un organo doppio ma pare che se ne possa asportare un lobo. Mimmo mi fa notare che hanno già bevuto due birre e due amari in un quarto d'ora, non impicciarti per favore, la scrupolosità in una situazione come questa è complicità.

Entrando nel santuario capisco perché hanno voluto venire quassù a firmare, alle pareti è pieno di reni e polmoni d'argento, e gambe e pance e mammelle; negli ex voto dipinti, uno dei temi privilegiati è la sala operatoria, coi santi che da un cuscino di nuvole assistono all'intervento. Mentre loro e Mimmo sbrigano le formalità pratiche, esco sul piazzale evocando folle salmodianti che salgono il pendio, capitanate da flagellanti e storpi, in un profumo dolciastro d'incenso e di piaghe – tutto quello che vedo è un crocifisso ornato di rami di castagno e due ragazzi in tuta che fanno jogging. Da una finestra in alto si spandono le note d'una musica popolare: «la canzone che mi passa per la testa | non so bene cosa sia, dove e quando l'ho sentita | di sicuro so soltanto che fa zùm, zùm zùm zùm...» – antipatizzo con la Madonna, non con quella bella e antica che pare lì in ostaggio, ma con un'altra in una cappella laterale che schiaccia il serpente col calcagno. S'è sostituita a Eva, di che s'impiccia, anche lei. Torno sul sagrato e Mimmo mi dice che è tutto a posto; poi, salutati i due, mi racconta sospettoso che hanno spazzato con un piumino un angolo della chiesa e hanno raccolto la spazzatura in un fazzoletto. L'unico rituale me lo sono perso.

Le nuvole serrano i ranghi, assediano
il teatro, che si difende
con un golfo larghissimo – pare
la pantomima dei pirati
ma recitata in cielo.
Sanno
quello che fanno, lassù! I cumuli
del capitale illuminati a retro
e gli aerei del traffico internazionale
un punto solo nel diviso...

Alla prova generale
chiederò gli interessi al paradiso.

(Stai ribadendo con filo forte
la mia esistenza alla vita globale:
e niente si può cucire
in cielo e in terra, senza perforare.)

I finestrini della funicolare ci mostrano in basso una spettacolosa esibizione di tramonto, uno squadernarsi di penne verdi di pavone su un misterioso edificio con torri. Nel giorno della resurrezione dei corpi, le anime forse rideranno di questa commedia dei pezzi scambiati. Le cose sono sentimenti resi solidi, o monotonia che non osa dire il proprio nome? Anche i faraglioni sono fratelli. Anche i testicoli. Penso ai due avellinesi con le suture ancora fresche, e dalla visione delle loro interiora derivo la forza per frugare in quelle di Mimmo.

*

«Che c'è, briciola, sei un po' così.»

Non me lo vuol dire, poi sbotta – da "voci" ha saputo che un ragazzo pugliese dovrebbe fare i trasporti insieme a lui.

«Non mi va di dividere il mio posto con il primo venuto.»

«Non è meglio, invece? Se è una persona con cui puoi stabilire un buon rapporto, non dico che lo mandi avanti, però potete imparare uno dagli errori dell'altro...»

«Se una cosa la devo fare preferisco farla fino in fondo, anche se m'ammazzo di stress.»

«Forse non si fidano completamente.»

«Appunto.»

«Considera che avresti il vantaggio di non esporti da solo e, oltretutto, se pagano anche lui, vuol dire che la baracca economicamente è solida.»

«Se non volete appoggiarmi, andate in gruppo affanculo.»

«Stai già diventando insopportabile?»

«Scusami, topo. Promettimi che me lo dirai tu quando devo fermarmi.»

«Per quello che posso, amoricchio, certo.»

È vero, l'ipocrisia sentimentale costa di più all'inizio, poi diventa automatica e quasi doverosa.

Pian piano si divaricava la forbice, e più credevamo di fare qualcosa che ci unisse, più ci allontanavamo. Ero attratto dal tuo ambiente molto più che da te (il miraggio dell'illegalità!). Sotto lo stordimento e l'euforia, avremmo dovuto capirlo che ci stavamo caricando d'un peso a cui il nostro legame non avrebbe retto. E per una ragione molto semplice: ci inoltravamo nella concretezza. Ecco che vuol dire una verifica sperimentale. In barba a tutto quello che avevo pensato, alla prova della realtà-realtà i nostri sudati compromessi si rivelavano costruiti sull'illusione.

35

Questi sono degli alieni. Il viaggio inaugurale non poteva essere più impegnativo: sùbito un trapianto cardiaco, un ragazzo morto in un incontro clandestino di pugilato, a Fregene, paralisi cerebrale completa – il suo giovane cuore martellerà nella cassa toracica d'un commerciante di Marsiglia. I soldi andranno alla madre bisognosa. Un cuore può rimanere in ischemia totale per cinque ore al massimo, il che significa che dobbiamo essere alla *Fleur du Midi* prima delle tre; l'imbarco è previsto per mezzogiorno meno un quarto, ma già sullo schermo è comparso un ritardo di quindici minuti per «transito aeromobile». Sono degli alieni, affidarsi così alla precarietà dei trasporti pubblici, e se adesso ritarda di un'ora? A quello per Francoforte è già successo perché s'è rotto uno degli alloggiamenti dei pasti: un gruppo di manager infuriati sta raccogliendo le firme per partire lo stesso, rinunciando a mangiare. Ma per noi si tratta di vita o di morte, o almeno d'uno spreco atroce. Mimmo stranamente non si agita, mi dice «non farla lunga» – come se temesse più d'ogni altra cosa di dare nell'occhio. Ma allora prima, se erano già d'accordo col maresciallo, non potevamo parlare direttamente con lui invece di fare tutta la scena della carta d'identità, cioè mandare avanti me con la carta scaduta per farmi accompagnare al posto di polizia e da lì passare al duty-free evitando il controllo bagagli? Ho anche dovuto simulare un convegno su Daudet, recitare l'isteria dell'intellettuale distratto. L'attimo in cui mi sentivo selvaggina e aspettavo che ci richiamassero con l'altoparlante, scoprendoci, è stata una buona iniezione di monelleria; però ora non dipende più da noi, mezzogiorno è passato e non arriva l'okèi, ammiro la calma di Mimmo e mi spavento perché intanto è invecchiato di trent'anni, ha messo su direttamente le guance del vecchio bastonato che sarà.

Come dio ha voluto, a mezzogiorno e trentacinque l'aereo s'è staccato da terra. Continuo a pensare che sono dei pazzi: eccoci qua, dilettanti assoluti, senza un medico che possa tamponare gli imprevisti, con un cuore immerso nel ghiaccio dentro un contenitore di plastica di quelli da campeggio della Giò Style (no, veramente il cuore sta dentro una specie di borsa floscia, che a sua volta sta nel contenitore) – tenuto tra le gambe come un bagaglio a mano un po' ingombrante. Approssimazione come violenza, incapacità di sollevarsi sopra il livello delle bestie, fatalismo? Macché, no, esula dai miei orizzonti mentali. Meccanicamente al decollo mi sono fatto il segno della croce e Mimmo ha esultato: «Ah, ma lo sai che da quando ci conosciamo non dicevo più il padre nostro la sera perché mi vergognavo, e in questi giorni avevo deciso di ricominciare? Ricapitano le coincidenze, hai visto?».

L'iniziativa del mondo non è nostra, sto abituandomi all'idea; ma ormai non è nemmeno di Dio. Dio s'era seccato dell'universo e ha voluto scaricarsene per un po' gettandolo lontano con il big bang – era convinto che prima o poi gli sarebbe tornato tra le mani come un boomerang ma non è stato così: per rincorrerci nel vuoto infinito a cui ci avviamo, anche Lui s'è perduto, polverizzandosi. Però all'atterraggio a Marseille-Provence ci accoglie un arcobaleno di quelli imponenti, a doppio arco addirittura.

Mentre Mimmo noleggia una macchina, telefono all'ospedale per avvisare che siamo arrivati, ci aspettano entro mezz'ora, dobbiamo fare riferimento al dottor Thiernault; viaggiamo lungo un'autostrada incassata nella roccia, poi si cominciano a vedere i primi grattacieli arrampicati sul costone e qualche mulino a vento. Lasciato l'arcobaleno alle spalle, seguiamo i cartelli Saint-Charles finché una curva di viadotto non ci tuffa in città, in un grigiore cannibale. La scalinata cinematografica della stazione, tutto secondo la piantina, ecco il boulevard d'Athènes dovrebbe partire di qui ma la terza laterale non si chiama rue du Muguet – si chiama rue Marcel Sembat, non c'entra niente, neanche la quarta e la quinta, torniamo alla seconda, niente. Ci siamo persi e sono già le due e dieci; ritelefono, mi ridanno indicazioni che ci riportano alla maledetta rue Sembat, io sto diventando scemo, com'è possibile che sia sparita una strada, mi fa incazzare anche la flemma di Mimmo che mi guarda e dice «ti amo», sì, è proprio il momento, poi sbuffo a ridere per la letteralità della situazione, andiamo dove ci porta il cuore, «a te chi ti ama ti fa ridere, eh?», sarebbe grandioso se saltasse tutto a pochi metri dall'arrivo, ora li richiamo, smettila, perché vuoi sempre disturbare gli altri, prendiamo 'sta rue Sembat e vediamo al numero novantotto che c'è, scusa eh, ma se non è rue du Muguet è perfettamente inutile cercare il numero novantotto, non siamo nella foresta pluviale e la razionalità non è un optional; invece ecco al novantotto un bel palazzo giallo con mansarda, qualche foglia secca sugli scalini d'ingresso e la targa d'ottone *Fleur du Midi*. Come facevo a sapere che rue du Muguet era il vecchio nome di rue Sembat, la faccia di Domenico è un trattato sulla soddisfazione da rivincita, «ah certo, io sono un cretino, io non sono all'altezza, lui è il grande logico».

Ci viene incontro un medico di colore, altro malinteso: non Thiernault ma Thierno, di nome, monsieur Thierno Ba, senegalese; «je m'faisais déjà la boule» e si asciuga simbolicamente il sudore dalla fronte. Accenno al fatto che dovevamo cavarcela da soli per via della riservatezza, mi risponde come se dovesse giustificarsi «j'en ai vus, condamnés à mourir faute de fric, j'en avais marre» – ha fretta, comprensibilmente, soppesando il contenitore aggiunge che la legge fondamentale della sua religione è «une commune volonté de vie commune».

Scendiamo a quattro a quattro le scale sghignazzando senza motivo, ci baciamo all'angolo incuranti di tutto; ma dobbiamo avere un'aria ancora sconvolta, se il barista servendoci ci dice «un jus d'orange et tout s'arrange». Mi rendo conto soltanto adesso di quello che abbiamo fatto, non ho più forza nei gomiti e nelle ginocchia. Io sto inventando Mimmo e lui sta inventando me: tutte le volte che stendiamo le braccia tocchiamo *più* che la somma di noi due. Ora bisogna cercare in farmacia dei succhi gastrici artificiali che in Italia non si trovano, poi passare a prendere un carburatore speciale in un'officina vicina ai docks, da certi conoscenti sorrentini.

Su un promontorio in vista del porto vecchio c'è il capannone addossato a una chiesa sconsacrata, crollata per metà ma con ancora il rosone e il portale scolpito; media cordialità partenopea e un lavorante che mi sembra armeno, forse perché somiglia ad Aznavour. I convenevoli si prolungano, Mimmo passa di là in magazzino e ci si ferma una vita – annuncio che faccio un salto a vedere la chiesa, «ci pensiamo noi a 'sto mariolo». La porta tarlata cede, scavalco una sbarra arrugginita e mi trovo in un interno gotico, ma d'un gotico largo e freddo – alla parete di sinistra c'è una tomba grifagna con due teschi di marmo. M'impolvero le dita nelle orbite cave, vorrei avere qui il cuoricino di cera rossa e depositarlo nell'ombra: per domandare perdono d'esser venuto meno ai miei voti di astensionismo.

Mentre facciamo un giro a piedi per la Canebière due maschere sui trampoli, inclinando i testoni di cartapesta, ci invitano a seguirle. Ci interniamo in un quartiere di ristoranti fino a una piazza postmodern, dove la municipalità ha organizzato una festa popolare. E lì, meraviglia, questa è una cosa che nessuno al mondo mi toglierà più («quién me quita lo bailado?» diceva la canzone), Mimmo afferra una mulatta in hot pants rosa e si lancia in una musica che si chiama "raï" – il mio hidalgo the pelvis, il mio clarino magico. Dribblo la mulatta e piroetto anch'io, per tutti i secoli futuri.

Spingi un piede in avanti
che mi toglie la visuale;
tirami, riluttante cattedrale

troppo seria alle sorprese del ritmo;
molleggia le ginocchia, fammi
yahoo! fammi rockeggiare.

Per sapere se tutto è andato bene col trapianto chiamo l'ospedale e chiedo del dottor Ba, se è uscito dalla sala operatoria: sì, mi danno il cellulare. Il paziente è ancora sotto anestesia ma la compatibilità era perfetta, tutto sommato non c'era di che preoccuparsi però lui si preoccupa ogni volta, «chat échaudé craint l'eau froide». Mi sarebbe piaciuto cenare ad Arles, rivedere i dannati legati alla vita da un'unica catena e gli eretici nelle tombe scoperchiate. Non importa. Cerco la signora Muscetta all'Istituto italiano di cultura, fissiamo per le otto e mezza al foyer del teatro dell'Opera; sta con due professori di greco bons vivants, uno dei due racconta di possedere una casetta ad Aix, proprio di fronte a quella dove Mireille Darc viveva con Alain Delon – malizioso suggerisce d'averla vista nuda («c'est une fausse blonde»). Ma siamo troppo stanchi, salutiamo prestissimo e ci ritiriamo in albergo. Mi stravacco a pancia in su con le braccia aperte come un crocifisso, Mimmo mi stuzzica col piede: «Almeno non ti annoi, con me».

«Dove mi stai portando, Menichiello?»

«Tu sta' tranquillo, scrivi e pensa a portarmi fortuna, faccio tutto io.»

«Quando ti lasciavi fare mi divertivo di più.»

Maschilità impeccabile, gli addominali vivi e in torsione mentre telefona. I grandi, in qualunque campo, si riconoscono perché apprezzano anche le incombenze più umili del proprio mestiere: il famoso stilista si compiacerà di saper ricucire personalmente l'orlo d'una sottogonna. Per il sesso è uguale: se si presenta l'occasione, non bisogna sentirsi sminuiti dal fatto di saper fornire un'esperta manovalanza. Ma stasera no, siamo davvero troppo stanchi. Mimmo ha sistemato il pacchetto col carburatore nella mia valigia, sotto i libri (quant'è immensa la notte, là fuori!). Guardo i suoi occhi ligi, da apprendista: potremmo smontare il cielo piastrella per piastrella e trasportare anche quello in valigia. Una lunga processione sale fino all'orlo del dirupo e getta due bambini nel vuoto – ma Mimmo giura che erano due salvagenti.

Mi sveglio perché sento raspare dietro la porta, anzi respirare, e assurdamente temo (o spero) che sia Amedeo.

36

Dopo quel viaggio in Francia, come se avessimo fatto un salto per cui non eravamo ancora abbastanza allenati, qualcosa s'è strappato, lo sai; di conseguenza ho dovuto, nel libro, discostarmi sempre più vistosamente dai fatti realmente accaduti – era necessario se volevo dimostrare la nostra tesi, se la storia che volevo raccontare era quella d'un amore *riuscito*, una lenta progressione verso il lieto fine.

Ma adesso a che servirebbe una dimostrazione del genere, se non a ingannare noi stessi? In mancanza d'un pubblico, il solo obiettivo degno d'essere ricercato è la verità in sé – e la verità è capire come succede che di un amore pian piano resti solo l'involucro. («Non mi ami più», ce lo rimpalliamo a vicenda per scherzo, ma non abbiamo il coraggio di fermarci sull'idea per più di due secondi.) Non lo sappiamo nemmeno noi perché continuiamo a fare quello che facciamo (a tenere in vita artificialmente un cadavere putrefatto).

«Avrei bisogno d'un agente»; ne avrebbe bisogno sul serio, a prescindere dai risultati. Si sta montando la testa o forse si sta tirando indietro – questa ostinazione a rifiutare che gli venga associato un "collega" rischia di metterlo in cattiva luce: o come presunzione stupida, per loro, o come scusa puerile, per me, sintomo preoccupante che in realtà non è disposto a impegnarsi in *nessun* lavoro. Voglio parlarci con questo pugliese, Mimmo m'ha detto che studia a Napoli, medicina. Per controllare i dati, se non altro.

Qui veniva il colloquio: la ricerca faticosa in segreteria poi l'indirizzo e la scoperta che stava in ospedale, all'Ascalesi. Il ragazzo, di Andria, mi rivelava particolari paurosi e notavo un indizio (un coltello di fabbricazione albanese) che mandava avanti la trama. Nella insoddisfacente realtà, invece, a medicina non risultò nessuno studente con quel nome e lì si sono afflosciate le mie velleità di detective; col pugliese non ci ho mai parlato, ho fatto solo un giretto per Napoli.

In un crepuscolo pieno d'aspettative mi sono avviato su per Forcella, coi banchi del mercato che stavano chiudendo e babà gibbosi a forma di Vesuvio in vetrina; entrato in una sala-corse, all'eterna domanda (o accusa) «voi non siete di qua?» ho risposto che ero un archeologo (così un tracagnotto m'ha raccontato che era stata scoperta una statua della Madonna in una tomba etrusca vicino a Cuma). Alle pareti erano appesi i risultati delle partite di tutti i campionati europei, compresi i più oscuri come quello norvegese e quello sloveno; un vecchio stava raccogliendo adesioni per il gran premio di Le Mans («si t'accatte 'o braccialetto, cu' sittantamila lire, chello vale per tutte le prove»), altri discutevano se le quote d'un torneo di golf dovevano essere pagate o no, visto che la squalifica era arrivata proprio durante la cerimonia di proclamazione, quando già la graduatoria era apparsa sul display ma il vincitore non aveva ancora in mano la coppa («nun facimmo filosofia»). Il pakistano è entrato come un'ombra – un'aria da pakistano, almeno, o singalese: tirava per la giacca un tizio seduto, gli mostrava una cicatrice sul collo fin che il tizio è esploso, «cumpà tu parle troppo assai, e ddoje! 'a terza te sparo 'n faccia». Riemergevano frammenti di scommesse, poi il pakistano meno flebile «tu sei venuto con ghiaccio, per frigorifero, io ricordo, se io non consegno tu "ptuh"» – e faceva il gesto di sputare, allora il tizio ha posato sul banco di formica una pistola dicendo «'a vire a chesta?». Immediatamente con un balzo un biondo magro s'è piazzato di sguincio, «e chisto 'o vire?»; le due rivoltelle brillavano nella loro eleganza d'oggetti di design, una grigia in acciaio inox e una più grande cilindrica nera, di quella sfumatura di nero satinato che hanno certi stereo. Il pakistano si frugava in tasca per cercare chissà quali documenti quando, indovinando una sua replica e precedendola d'un soffio, il tizio gli ha urlato «e mo' va' a chiamà 'e gguardie, spia» – quello è uscito facendo sì sì con la testa, come se avesse preso una decisione irrevocabile. Il tracagnotto degli scavi s'è sentito in dovere di soccorrere il mio sconcerto e m'ha sussurrato all'orecchio «gli è muorto nu cuggino, oggi, e s'è pigliato collera...» – non so a chi dei tre si riferisse.

Fuori il buio aveva svegliato le motorette, a due, a tre, dai vicoli in salita, in un puzzo avvolgente di gas di scarico; mi schiacciavano contro i muri dirette a loro mete sicure, messaggere dell'epoca, ma con l'avanzare dell'ora sembrava piuttosto un tic, un rito isterico – una danza di indigeni ostili che ti vietano il territorio, o infine una pena infernale a cui tutti fossero condannati. Sentivo un'inerzia, un'ubriacatura che non dipendeva dal vino ma dal senso d'inutilità; avanti, avanti con una molle euforia, però bastava un cane da sotto un trespolo a farmi sobbalzare. Un altoparlante versava una serie ininterrotta d'avemarie, più alta la prima frase e a perdersi il resto, come un esorcistico mantra; ormai pregavo che mi facessero la grazia d'uno scippo, per favore un segno d'affiliazione! In una piazzetta slabbrata mi sono abbandonato a uno spigolo: azzardo un sorriso, ho un sorriso in risposta, da queste parti è facile – un sessantenne ben vestito, «siete stanco, signurì», «eh sì, aspetto mia moglie che sta facendo spese in via Chiaia, m'ero rotto i coglioni di Napoli-salotto, son venuto quassù che c'è più vita». Nel giro di cinque minuti mi trovo coinvolto in un discorso d'alta finanza: «scusasse, signore bello, ma voi non vi potete lamentare se non guadagnate per quello che valete, perché quella è colpa vostra, qua con un po' di spavalderia, con la vostra intelligenza e la vostra cultura, qua in dieci anni foste miliardario, ma miliardario proprio, senza nemmeno sporcarvi le mani, lavorando pulito; basta comparire a chi tiene i denari e dire io vi risolvo il problema della réclame, datemi il capitale e io v'impianto una televisione da fare concorrenza a Canale 5; noi qua siamo coscienti di quel che vuole la gente, gli diamo Nino D'Angelo, 'a fattucchiera r'o vico e il gioco del calcio, 'a verite 'a difficoltà di Forza Italia ad arradicarsi da noi, perché non ci fidiamo, si sente all'addore ca quelli sono milanesi, in dieci anni voi qui create 'nu netwórk che garantisce sei-sette milioni di spettatori tutte 'e sere; questo se v'interessa applicare, coscientemente, la vostra capacità, per migliorare l'esistenza, certo non ci vuole risparmio per le coronarie...».

Un tempo la notte era campo di ben altre esplorazioni; ammiccante di muscoli a noleggio. Chiedo a una ragazzina se mi fa accendere, porgendomi il mozzicone ordina «fà 'mpressa ch'aggi' a fumà» – la sua compagna, il seno olivastro strizzato nel wonderbra, non sa trattenere un tenero scherno e mi spettina i capelli. A questo sono ridotto. Le ragazze hanno le moto più potenti – vere e proprie ronde femminili notturne. Il pakistano mi ricompare di fronte all'improvviso con un ferro da dentista che gli sporge dalla bocca, gli occhi strabuzzati, un cuore di maiale spugnoso in mano ma è un gelato d'amarene e il ferro da dentista è un cucchiaio e quello non è il mio extracomunitario, è un filippino molto più giovane. Eliminata la promiscuità sessuale, il mio rapporto con l'ignoto s'è molto deteriorato.

Mi siedo su una poltroncina di ferro zoppa, ai bordi del marciapiede, come se fossi il giudice dei caroselli di moto che partendo dall'alto di via Pietro Colletta vengono a girare in piazza Calenda intorno alla ringhiera e risalgono; m'auguro che qualcuno si sfracelli. Il mio voto viene esaudito con riserva, due cadono infatti, vanno a sbattere contro i pilastri di cemento e si rialzano doloranti. Quando non c'è più nessuno m'avvicino a ispezionare l'asfalto, se per caso fosse rimasta almeno una goccia di sangue – «che vai truvanno, vattenne» mi gridano da una finestra; hanno seguito sospettosi le mie mosse e sono incerti se classificarmi poliziotto o pervertito.

37

6 dicembre '96

Caro Domenico: stasera, quando arriverai, ti farò leggere queste pagine – o meglio stasera te le consegnerò perché tu le legga quando potrai: è il mio turno di dare l'esame. Il nuovo lavoro, come previsto, ci tiene separati: anche oggi che è il nostro secondo anniversario («in cinque anni avremo da parte abbastanza per mollare tutto e andarcene via lontani io e te» – traduzione nemmeno troppo luciferina: «il massimo che si può pretendere è distrarsi»).

È inutile che io stia ancora a calcolare il momento, qui si rischiano conseguenze penali ed è giusto che tu sappia con chi hai a che fare. Tutte le infamie occulte, le ripugnanze, le ipocrisie (di qualcuna ti sarai accorto da solo, di qualcuna abbiamo anche parlato, ma certo viste tutte insieme, raccolte in carta, fanno impressione) – te la senti di continuare a stare con me, nonostante io sia così? *Si può fondare su queste basi un'associazione a delinquere? Non ho fatto altro che mettere in parole quel che in questi due anni hai pensato anche tu, o sono un mostro incurabile che è meglio lasciare al suo destino? Insomma, lo firmiamo questo contratto? È proprio vero che non c'è alternativa all'amore?*

Un amore tanto più indiscutibile in quanto, se ci fermassimo, dovremmo forse riconoscere che davvero è finito. Forse ho svuotato il borsellino dei desideri: la mia apparente serenità non è che la somma dei terrori a cui non sono riuscito a dare un nome. Mi rassicura sapere che il tuo affetto s'innerva su ragioni che con l'affetto hanno poco da spartire; quando mi sdraio nel letto e tu stai già dormendo, mi scaldo agli arti e ai peli d'un uomo che lavora. Affido i miei tentennamenti alla Grandi Motori, *holding del Fiat, l'auto della creazione – mille animali di potenza. I prossimi saranno anni di sesso felpato («il più bel regalo d'amore | che m'hai fatto, per paradosso | è che ora posso | non pensare all'amore»). Ho preso i tuoi polmoni e li ho aggiunti ai miei come s'abbatte un tramezzo per avere una stanza più grande. A palpebre spalancate, nel buio, prometto a me stesso di non commettere più il male, se non con te.*

Ti faccio leggere queste pagine anche perché non ne scriverò altre – voglio dire che mi sono rassegnato al fatto che il romanzo sulla mafia, puntigliosamente progettato e perfino abbozzato, non vedrà mai la luce; tutte le volte che provo a rimetterci mano mi viene la nausea. Non sono un romanziere, non so parlare che di me. In questo periodo posso contare, l'avrai notato anche tu, su un anomalo stato di grazia fisico: posso correre e saltare senza risentire dolori alla schiena, digerisco anche i chiodi, dormo come un ghiro. Anche la salute è un prodotto della rassegnazione.

Un po' ci credo, quando mi dici «mi piacerebbe comandare una nave» – sei la forza della mia debolezza, e viceversa; quando arrivo ansimando al traguardo una voce sgarbata m'accusa, "t'era stato affidato e hai permesso che si smarrisse". Dovevo proteggerti, prendermi cura di te – oppure, all'altro estremo, farmi insegnare da te la scienza dell'accettare: lascio che l'inerzia agisca al mio posto e non va bene, non va bene.

Devo ringraziarti, Mimmo, per questi due anni: non beati (e quindi stucchevoli) e nemmeno spensierati, ma proprio felici dell'unica felicità consentita: non accorgersi che si sta vivendo, perché si sta vivendo. I due anni migliori della mia vita, se si eccettuano quelli della primissima infanzia; ma forse nemmeno quelli, perché allora tutto scorreva inconsapevole mentre adesso constato in ogni momento che sono esattamente dove vorrei essere. Sei la pietra su cui ho costruito la mia fragilità: non è stato difficile chinarmi tra l'erba e raccogliere le Alpi. Quando tutti i cuccioli saranno stati venduti, resterà l'irriconoscibilità semplice di due mani congiunte, la giovane sulla vecchia senza soluzione di continuità: l'etica delle spugne, dei coralli.

Le parole d'amore non sono inammissibili, né contraddittorie con quel che ho detto fin qua: dipende dall'angolo visuale in cui ci si mette – se le tecniche moderne arrivano a imitare la realtà con tanta minuzia che tutti i sensi ne sono ingannati, dove sta la falsificazione? In due si fanno solo sogni volgari.

Ieri l'altro s'è rotto il manico dell'aspirapolvere e mentre stavi in ginocchio, con l'asta ricurva che ti zampillava tra le dita, mi sembrava che tu tenessi in mano un ramo di palma. Forse un figlio me l'hai dato e ho preferito non capire.

Io non posso mai dire qualcosa di completamente positivo, mi conosci. A conclusione di questa lettera, e quindi di tutto il libro, c'è la confessione d'un tradimento. Non sessuale, sarebbe quasi meglio se fosse così – la colpa è dell'eccesso di senso di colpa, o forse del mio esser fatto di gelatina. Quando ho saputo della spedizione in Francia, non ho voluto mostrarti che tremavo come una foglia – tu eri così baldanzoso, tirarmi indietro avrebbe significato ammettere l'abisso che ci divide. Tanto vale che te lo dica senza giri di frase, sono andato a Mantova a trovare Amedeo; quel giorno che t'ho detto che dovevo essere a Milano per i concorsi, non era vero. Siamo stati a Sirmione, nella sua casa sul lago, e mi sentivo in im-

barazzo perché come al solito mi facevo affascinare dalla comodità e dalla ricchezza, ti tradivo socialmente – lui poi giocava a fare il reietto, l'escluso, lo squilibrato, proprio mentre m'informava che l'assicurazione avrebbe risarcito i genitori del bambino e che grazie alle amicizie forse avrebbe evitato il processo. Eppure insisteva con la menata degli «addobbi», cioè che io rivesto di panneggi perbenisti la mia verità come la regina Vittoria rivestiva le gambe delle sedie. Per dimostrargli che la mia vita non era poi così insipida, ma anche (l'ammetto) per chiedergli istruzioni, gli ho parlato del tuo lavoro coi trapianti. Se le vibrazioni dell'aereo potevano danneggiare, e cosa dovevamo evitare soprattutto, lui se ne intende. Non credo che ne parlerà ad altri, non è il tipo. In ogni caso mi dispiace d'aver concluso questo romanzo d'amore con una pugnalata. Non si pugnala il mare...

Tu semini ancora l'oro, lo sai? È da un po' che ci sto attento – tutte le volte che ti alzi dalla poltrona resta per terra, sul tappeto, una monetina che t'è scivolata dalle tasche; fin qui niente di speciale, visto che leggi il giornale stando di traverso sul bracciolo; lo strano è che cade sempre *una moneta da duecento lire, cioè un piccolo opaco tondino d'oro.*

38

Nel libro, ti ricordi, fingevo anche la tua lettura del libro stesso – per confondere le piste, per mettere le mani avanti e prevenire le tue reazioni più violente. Quando poi l'hai letto davvero, infatti, ti sei limitato a un piantino, che mi ha deluso, e a qualche osservazione tecnica (nomi da cambiare, incongruenze eccetera). T'ho scippato la cosa che è più tua, la passione genuina. Non avendo difese culturali, eri colpito da quella specie di anticipazione profetica, abbagliato e abbindolato dalla *letteratura*: intimorito dal dubbio di non essere all'altezza.*

Devo raccontare come Domenico ha reagito alla lettura: la notte stessa, senza fermarsi mai, impedendo anche a me di dormire («voglio leggerlo mentre ti tocco») – per più di quattro ore; e io che non riesco a chiudere occhio se la luce è accesa, lì, senza niente da fare se non veder scorrere sulla sua faccia le stagioni del libro; qualche bacio lanciato, all'inizio, poi sempre più burrasca. Anche dove non mi pareva che dovesse essere così, per esempio durante l'estate dei lividi: eppure le mascelle gli si indurivano, forse gli dispiacevano gli accenni troppo esplicitamente fisici. Mi tornavano in mente, con una punta di rimorso, gli scherzi dolcissimi di quando rimanevo chiuso nello studio oltre l'ora di pranzo, lui che mi sorprendeva silenziosamente alle spalle e diceva mi preoccupi, fai come quei bambini che se stanno troppo zitti vuol dire che ne combinano qualcuna. Infatti. Un tormentoso esprit d'escalier mi suggeriva la poesia che avrei voluto scrivergli e che ormai non sarei più riuscito a mettere in versi, una poesia su mio nonno scappato con una ballerina e poi tornato all'ovile, da mia nonna «alta come un pulpito». Se fossi riuscito a scriverla, pensavo, sarebbe bastata per cambiare ai suoi occhi il senso dell'insieme. (Mio nonno da vecchio insisteva che l'amore non è un sentimento, perché in lui il sentimento per mia nonna era finito da un pezzo ma non era finito l'amore.) Forse ogni tanto scivolavo senza accorgermene in una specie di dormiveglia.

S'era imposto di non parlare durante la lettura e questo stava bene anche a me: quando coglievo un labbro morso con troppa violenza, m'affrettavo a sussurrargli «vai avanti»; è cor-

* *Nota '98*. "Essere all'altezza": l'espressione ha risonanze sinistre. La verticalità ha vinto. Se uno stile più orizzontale avrebbe modificato qualcosa (adesso che la differenza tra sparire e spiegarmi non è che un risucchio), forse lo sanno i fantasmi di questo viavai.

so in bagno un paio di volte portando con sé le pagine, già me le immaginavo naufragare negli spruzzi dello sciacquone; il suo viso quando tornava era una miscela indecifrabile di cupa limitatezza, delusione, furia impotente e struggente rispetto. Aveva sospeso il consueto atteggiamento di tormentarsi gli inguini, per assumere un contegno di lettore "obiettivo".

«M'hai messo un'erbaccia nel cuore.»

«Mentre ti guardavo leggere, ho capito che il bene vero è quello che non ci sta dentro le parole, scusami, ti convincerò coi fatti.»

M'ha buttato le braccia al collo, s'è stretto a me con le gambe come se dovessi essere io a difenderlo da me stesso: «Perché hai dovuto scrivere queste cose, non sei più il mio amore-topo, perché sei stato così cattivo?».

Le pieghe del suo pullover tremavano come un bambino minacciato d'andare in collegio; i singhiozzi lo scuotevano a raffica, gli ho asciugato le lacrime con le labbra e avrei voluto morire, mentre m'elencava i motivi per cui non aveva potuto allenarsi in palestra e s'accusava d'essere troppo stupido.

«Non è così, ti prego, alla fine si dice che lo stupido sono io, che comincio soltanto adesso...»

«Ma tutti i particolari...»

«Sapessi quanto sono stato male anch'io.»

«Se ti è costato tanta fatica, vuol dire che non mi hai mai voluto bene; se mi amavi eri geloso della nostra storia, non la svendevi così.»

«Ti prego, rileggiamolo con calma i prossimi giorni, poco per volta...»

«Dovevo lasciarti subito, altro che cambiarti...»

«Mimmo, se tu non arrivavi ne cercavo un altro come te, ma dove lo trovavo uno che mi rompe cinque lampadine in una sera?»

Ha sorriso, finalmente, l'abbraccio s'è fatto meno frenetico; e allora gliele ho dette le cose accumulate (non frasi, no, santo dio, *cose*) – che sentimentalmente sono un analfabeta di ritorno, che sto compitando adesso gli assiomi più semplici, come quello che la confidenza conta più dell'orgasmo e che spostare il proprio baricentro fuori di sé aiuta l'equilibrio; sempre che si voglia appartenere al genere umano, il che non è obbligatorio.

Come quel muco vischioso che forma il piede dei molluschi, sentivo che il nostro mastice teneva, proprio grazie alla presa meccanica di forze pregresse che era difficile sciogliere – la mano stretta nell'ambulatorio prima del responso, i pini sorvolati dall'alto in ovovia, la solidarietà annodata come un bracciale. I suoi primi capelli bianchi se li è lasciati appiccicare in anticipo perché dà per scontato che tutto si debba dividere. Che c'entra la ragione con questo?

«Comunque questa infamità me la paghi.»

«Dài, che non so chi dei due sia più in alto nella catena alimentare.»

«Cioè?»

«Se sono io che divoro te, o viceversa.»

«Ce l'hai un fazzoletto?»

«No, sta nella tasca dei pantaloni.»

«Con 'sto teatro ci siamo dimenticati di fare la lavatrice.»

La pace era conclusa. Grigliami il viso con le mani, non c'è tempo per i convenevoli, la consecutio funziona meglio di spalle. Altri odori, e quello di dentifricio tra le cosce.

Il giorno dopo, all'ora di pranzo, s'è alzato di scatto da tavola e ha detto: «Io a quello lo devo intervistà».

Pretendeva il numero di Amedeo a Mantova, m'è piombata addosso una stanchezza epocale, eccolo il numero, io vado a curare le piante; se ti trovi in difficoltà chiamami.

«Non credo, io sono molto sicuro di me e i tipi come quello mi fanno il solletico.»

Se gli animali, pensavo zappettando, che pure erano senza peccato, hanno seguito Adamo fuori dal paradiso, vuol dire che in fondo preferiscono i colpevoli.

«... e non vado a rimorchio di nessuno... come fa a dire squallido, sì, sarebbe pronto a pagare per vivere un giorno squallido di quelli che viviamo noi... perché non ha cercato di aiutarlo, ah, bella profondità... forse non ha capito che aveva a che fare con una persona pulita...»

Quando sono tornato in sala stava raddrizzando i quadri per darsi un contegno.

«Tutto a posto?»

«Anche la settimana in roulotte gli avevi raccontato?»

(Stanotte il materasso rollava come in mezzo al mare: il pugno di Mimmo trafficava in quella zona lì, sotto il lenzuolo. Credendo che dormissi si stava masturbando, coscienziosamente ma piano per non svegliarmi.)

*

Vietri, notte. Tocco con la mano il mio futuro, diviso a spicchi come un'arancia. Il lenzuolo sporco di feci e l'orgoglio d'averle scavate con i miei mezzi. Gli bacio il gargarozzo mentre ride e mi solletica le labbra il frullo di un'allodola. Fare sesso con lui è rassicurante come bere una spremuta, che quando finisce me ne preparo un'altra. Al suo bellissimo arnese vorrei fargli un cappottino di lana. Mi sono guadagnato una goccia di fuoco la settimana, qualunque cosa questo voglia dire. Sarò vecchio, sarò vile. «Grazie per aver messo un drink dove non c'erano che pagine. La bellezza per me non ha senso, se non la guardi anche tu.» Ha la struttura d'un edificio che non crolla, gli strapazzi non lo scalfiscono neanche. Questo buffo *altro* mi basta, non chiedo ricapitalizzazioni né buoni omaggio.

Se il Signore mi chiede
bloccandomi sulla soglia
vestito da dottore:
«crede che disperare
sia l'ultimo orizzonte?»

«So che c'è un animale
– gli dirò con pudore –
che comunque lo giro
mi sta sempre di fronte;
vale più lui, che il male.»

Poi, seguirò le impronte.

Stava parlando nell'orto con Sonia, l'ho pregato non fare tardi, lo sai che se mi passa l'attimo del sonno poi resto sveglio fino a domattina – «sì mo' vengo», e sono rimasti a parlare per cinquanta minuti.

Com'è che non riesce a stabilire nessuna graduatoria tra le cose, lo sa che domani devo spedire la recensione alla rivista e che ci tengo, possibile che sia disposto a infliggermi una notte in bianco per il gusto di qualche pettegolezzo idiota? Non posso andar fuori a chiamarlo perché solleverei sospetti. Che cosa c'è di più romantico e intoccabile d'una coppia di fidanzati che si scambia tenerezze sotto la luna? Chi avrebbe il cuore così sudicio da interromperli? Sonia tra l'altro si ferma a dormire, potrebbero continuare il discorso domani. Forse non mi crede quando parlo, crede che siano capricci. L'una e mezza è passata, non dormirò più. Quando viene come devo comportarmi?

«Amore, sono qui.»

«Non è vero.»

(Era sconcertato, non si raccapezzava.)

«Ma amore, stavi leggendo...»

«Credi che io sia uguale agli altri, e non è vero.»

«Io per questo ti amo, perché sei diverso da tutti.»

«Se lo fossi, non saresti riuscito a fregarmi.»

«Scusa, non potevo lasciarla subito, lo sai che dobbiamo recitare la commedia...»

«Vi contagiate di menzogne a vicenda, io devo uscirne fuori.»

«Tu la fai facile, non ci stai nei miei panni...»

«Io so solo che tu credi che per un uomo sia meglio stare con una donna, e io credo che tu abbia ragione.»

«Ancora?»

«Non devi cancellare la tua natura per amarmi.»

«Sei esaurito, era meglio che stavi a Roma, questa non è vita per te.»

«Vattene via.»

«In che senso?»

«Non lo so, so solo che mi fai stare malissimo e non mi piace.»

«Io ti faccio stare malissimo, amore, io? È che certe volte non ti capisco, ma se tu mi spieghi faccio quello che vuoi. Mettimi alla prova, chiedimi qualunque cosa.»

«Io voglio che tu mi voglia.»

(Sono scoppiato in un pianto isterico, liberatorio.)

«Ma io ti voglio, matto.»

«Dimmi soltanto se con Sonia parlavate di cose così fondamentali da non poter rimandare.»

«Te lo dirò quando tu mi dirai che cos'è la siringa.»

La Siringa, già, in tutto il libro si manteneva la finzione di questo mistero non spiegato. Ormai nessun mistero ha più senso, quindi getterò alle ortiche l'ultima dignità e ti dirò a che mi riferivo. Tra poco. L'episodio con Sonia è accaduto veramente e il mio scatto nevrotico mi fa quasi tenerezza, vuol dire che c'erano ancora braci. Ma, nella trama, l'utilizzavo per fare in modo che tu riferissi a Sonia, in quel lungo parlottare notturno, i minimi particolari del libro, che lei si spaventasse per i trapianti illegali rivelati e andasse a dirlo a don Mariano. L'idea m'era venuta dal viaggio a Pagani, quello del tumore.

Lui sa come prenderli i fatti, come ottenere il meglio da loro, e i fatti gli sono riconoscenti perché li tratta come tratta i polacchi che puliscono i vetri ai semafori, alla pari. Sul fianco della montagna si vedono nuvolette bianche e appena prima che ne fiorisca una, pàm, deflagra uno scoppio; imperscrutabile sud. Stanno brillando cariche d'esplosivo, ma a che scopo? Non ci sono cave lì intorno. Hanno riaperto la caccia? Pare che siano le prove per la sagra di san Graziano – stiamo andando a Pagani, all'officina del cognato, per una riunione d'emergenza: un rene trapiantato attraverso l'organizzazione è risultato invaso da cellule tumorali, pare che le metastasi fossero già partite al momento del contratto.

«Stai guidando teso, che c'è?»

«C'è che ormai 'ste cose sono sotto la mia responsabilità, non si può lavorare così, mo' vado lì e li metto in riga.»

«Se t'avanza un minuto, potresti anche passare da Wojtyla e fargli una lavata di testa.»

(S'incupisce in maniera sproporzionata, possibile che non regga la minima canzonatura?)

«Mi sento deriso.»

Tutto il resto del viaggio lo impiego a giustificarmi, ma capisco d'averlo ferito più irrimediabilmente di quanto temevo di fare col libro – che in fondo è scivolato via come acqua fresca su un vetro. Ho fatto come quel coyote che per catturare lo struzzo velocissimo s'inventa incredibili congegni, ma quello ci passa sopra di corsa senza nemmeno accorgersene. Dunque il personaggio dei fumetti ero io. Vorrei qualche arancia o pompelmo che sporgono oltre le reti metalliche, ma Mimmo stringe le mascelle – non faccio in tempo ad avvistare l'albero adatto che già l'abbiamo superato. Non oso chiedergli di fare retromarcia, sicché arriviamo all'officina che non ne abbiamo assaggiato neanche uno.

L'officina lo sapevo che era una "rettifica", ma il cognome non me lo ricordavo – D'Amore è cognome molto diffuso a Vietri e nel nocerino, esiste una *Ceramica D'Amore* (che ha per insegna due caprette) e perfino un *Restauri D'Amore* – però la più bella è certamente questa, "*Rettifica D'Amore*", in grandi lettere bianche ad arco, sembra scritta per me. Entriamo, tra le vetrate a quadri stazionano decine di macchine enormi, parallelepipedi d'acciaio tagliati ad angolo vivo e grossi tubi sospesi come flebo; frese e cataste di cilindri e di pistoni nuovi fiammanti, ancora coi graffi della satinatura. Nessuno ci sta lavorando, scherzano in un dialetto chiusissimo finché qualcuno scorgendomi non innesta una specie di lingua franca.

Chi si siede sugli sgabelli, chi direttamente sui blocchi-motore, sembra che si controllino a vicenda; percepisco un imbarazzo, un vecchio che accenna a me con la testa come per dire chi è costui che s'intrufola, e una battuta detta all'aria: «è trasuto 'e spichetto e s'è miso 'e chiatto». Per carità, me ne rimango fuori molto volentieri: fuori ci sono tre o quattro giovinastri che stanno lottando sul prato, ridendo volano calci piuttosto pesanti.

Dopo una ventina di minuti la riunione è finita, escono dall'officina continuando a discutere: «Tu non puoi accusà, si nun tiene 'a prova irrefrenabbile d'o reato...».

«'O collettivo deve passà sopra all'individuale.»

«Eh, ma l'individuale 'o puo' mazzià, 'o collettivo no...»

Mentre Mimmo mi spiega i provvedimenti presi, mi perdo in fantasie etologiche: gli erbivori, vivendo se stessi come preda, non possiedono nessuna capacità di progettazione, ovvero non hanno il senso del futuro – hanno invece una minuziosa memoria del passato, che gli suggerisce da quali pericoli difendersi. Chi è più coraggioso tra me e Mimmo? Lui ha più audacia che coraggio, io sono accomodante e a tratti irenico, ma ho rifiutato il mondo dove la gente spara per il gusto di sparare, dove il massimo spazio di riflessione è quello tra la bocca e il cucchiaio. Mimmo è buono in senso più costruttivo, basta vederlo ai concerti che pesta i piedi e applaude e fischia alla pecorara con gli occhi lucidi, «sono bravissimi» – senza una briciola d'invidia.

«Mi sposti il sole, per favore?»

Abbassa la visierina e il sole se ne va. Uno a zero per lui, stavolta. Forse l'assenza d'un alto senso morale è la misura giusta per il letto. Quante arringhe piantate a metà, mentre i nipoti ci corrono incontro ringraziando per l'automobilina della Peg Perego (duecentocinquantamila), il cane entra in macchina e nessuno ascolta le mie proteste perché la musica è troppo alta.

39

Lì mi venne l'idea per il lieto fine, ti ricordi? Prendere la mia indecisione schizoide e proiettarla in un diktat imposto dall'esterno. Più nobile, meno narcisista. Immaginare quindi che don Mariano e soci, venuti a sapere del mio libro in cui mettevo in piazza eccetera, mi convocassero di nuovo alla "rettifica" ma questa volta come imputato. Tra l'altro una seconda riunione c'è stata veramente, per decidere come far fronte alla concorrenza sleale che veniva dai paesi dell'est – perché finché si trattava del Terzo Mondo non c'erano problemi, ma quelli dell'Europa dell'est erano organi *bianchi*, e quindi concorrenziali a tutti gli effetti. Solo che quella riunione me l'hai raccontata tu, io non ci ho partecipato.

L'acme drammatica, al di là di me che sostenevo il libro come irrinunciabile (con buoni argomenti: che bastava spostare l'azione in un'altra zona e che comunque, come sapevo per esperienza, nessuno crede ai romanzi anche quando confessano cose tremende), l'acme drammatica si raggiungeva con un proverbio albanese, «non c'è bosco senza merli», detto in risposta a una mia accusa di qualche violenza perpetrata da membri dell'organizzazione – riuscivo a identificare, avendolo sentito in tivù, il proverbio come albanese; lo collegavo al coltello del ragazzo di Andria e indovinavo un accordo con Valona, organi in cambio di armi. L'occhio di tuo cognato correva alla rastrelliera delle chiavi inglesi.

Ma un particolare, quello dell'altro tuo cognato che bisbigliava «vo' fà 'o guappo, 'o ricchione», quello non ho avuto bisogno di inventarmelo, come sai, purtroppo. È inutile che ci torniamo sopra, ne abbiamo già discusso e ci abbiamo già sofferto tutti e due. Lascia solo che ti ripeta che non te lo perdonerò mai. Se stavo difendendo la tua parte di eredità non era certo per avidità personale, mi sembrava elementare giustizia e l'offesa m'è arrivata come una mazzata. Ti stavano fregando con la faccenda degli accomodamenti amichevoli («quando ci tràseno gli avvocati ci hai sempre a rifondere») – accennando al tuo diploma m'ero accorto che non gliel'avevi neanche detto d'averlo preso: dopo tutto quello che aveva significato per noi. Anche tua madre se l'era tenuto per sé, come se fosse un disonore essersi diplomati. Ma poi «ricchione», dio santo, il peggio del peggio. «È capatosta» m'avevi dato addosso perché io insistevo, mentre tutti spergiuravano che tuo cognato aveva detto «vo' fà 'o guappo 'e cartone», sì come no, avrei quasi preferito che tu fossi riuscito a convincermi. Invece, una volta soli, l'hai ammesso che la versione per la famiglia era stata che io sono innamorato di te e che tu, per pietà e per riconoscenza, mi permetti di restarti amico. Ecco perché mi guardavano in quel modo. Ho quasi voglia di spedirgli la cassetta che abbiamo girato a Erfoud con la videocamera ad autoscatto dell'albergo.

Avevi il sorriso di chi si consegna – resta il fatto che nell'occasione decisiva, quando si trattava di scegliere tra me e loro, hai scelto loro.

Insomma, nella realtà, nessun ricatto dei cattivoni al povero intellettuale smarrito, nessun aut-aut («o rinuncia a pubblicare il libro o rinuncia a frequentare la famiglia Imparato»). Nella finzione, il lieto fine consisteva in due pagine di mio dibattito interno, per decidere tra te e il libro, e finalmente la decisione a tuo favore: «ne sarò ripagato anche in senso formale: "mi vuoi sposare" gliel'ho domandato sul serio e nei suoi occhi quando m'ha risposto c'era più che un sacramento; per noi non può esserci né chiesa né comune, ma la condivisione del cuore e quella non conosce divorzio; la rinuncia diventerà ritmo, distanza stilistica; dal sacrificio di questo libro ne farò scaturire un altro, *impersonale*, che nessuno ha immaginato fin qui». Aspettavo a comunicartela, l'opzione eroica, perché era previsto un altro viaggio in Francia, a Lione stavolta, e volevo farti una sorpresa mentre eravamo a cena da Bocuse; invece già in aereo tu tiravi fuori dalla valigia due biglietti per Guadalupe e m'annunciavi che dopo Lione saremmo stati liberi, «non m'importa niente di fare un casino di soldi, hai ragione, raccontare tutto è l'unica maniera per metterci al sicuro; possiamo prendere la residenza a Parigi e ricominciare da capo, io imparo il francese e faccio il doppiatore là». «Là non li doppiano nemmeno i film, scemone.» Zúm zúm. Altissimi i violini e dissolvenza.

Patetico. E poi sto qui a singultare che l'editore non l'abbia voluto. Rifiutandolo ha reso ancora più grottesca l'invenzione narrativa dove tutti invece davano, chissà perché, la pubblicazione per scontata. Nessuno che facesse l'obiezione pertinente, che non c'era da preoccuparsi perché il libro era una ciofeca. (Tu veramente quando l'hai letto un piccolo sospetto l'hai avuto e arrossendo m'hai detto «non era meglio se raccontavi una storia più di fantasia?»)

Una specie d'ectoplasma di lieto fine, nella realtà, era che avevo vinto la scommessa. Perbacco. Espettorato tutta la malvagità e qualcuno aveva continuato ad amarmi, anzi ad ammirarmi. Non avrei più dovuto nascondermi – il che però voleva dire, ahi, che *non avevo più niente che valesse la pena di nascondere*: di questo soprattutto ti porto rancore. «Se ha inghiottito un libro così» mi lamentavo, «non ha amor proprio, non ha personalità. O forse non l'ha capito, si augura solo di lucrare qualche premio. Se l'ha capito è peggio: dopo che m'ha accettato come sono non me lo schiodo più, mi starà attaccato come una sanguisuga in eterno.»

Ormai l'indecisione assomiglia a uno sdoppiamento psicotico: il mese scorso per esempio, quando sei andato a Mosca per il plasma, da un lato ero contento di rispolverare i cerimoniali della solitudine, dall'altro sentivo di non poter vivere senza di te, e in nessuno dei due casi mentivo. C'è un me che sogna d'invecchiare guardandoti negli occhi e un me che vorrebbe non averti mai conosciuto – due fantocci armati uno contro l'altro, ciascuno con la propria illusione e la propria verità. Due estranei che si incrociano nel cervello producendo bizzarre figure: *vorrei che Mimmo morisse perché non so smettere di volergli bene.*

Forse non ero attrezzato per dosi così massicce di successo economico, troppa grazia. «Arrivano banconote lesse | assegno dopo assegno, rene su rene» – i rendiconti della banca mi riempiono d'imbarazzo più che di piacere. Stai salendo di grado, ti destreggi magnificamente tra aeroporti e public relations, i milioni al mese sono almeno dieci (il doppio di me, che ho studiato trent'anni). Con la tua mania di vivere al centocinquanta per cento, guidi tutta la notte per arrivare a Castelfranco Veneto entro le sette di mattina, poi riparti subito per Milano e sto col patema del colpo di sonno. Riesci a farti valere, ti permetti di imporre dei calmieri etici (hai litigato con Ciro Vigilante rifiutandoti di commercializzare una crema antirughe a base di telomerasi: «impedisce l'invecchiamento delle cellule però provoca il cancro»). Da cucciolo alla fine ce l'hai fatta a diventare capobranco – il tuo musetto è meno grazioso perché *non sono più il tuo padrone.* Che fare, regredire all'antico ruolo di pitocco?

I tenentini dell'alba sono scesi
avvampando, alla stazione
di questa staccionata orizzontale –
non lavorata da mani.
E gabbiani, in cresima

e comunione, ancora con le tuniche
della festa *di là*.

Alla bellezza ci si può solo nascondere
come all'eroe, divino possessore
di carte.
Questi stridi in fase
non ce li meritiamo, anzi
non li merito: non l'osservato soltanto
ma neppure
l'osservatorio è mio...

(Trabocca il sole, e smaschera
l'idillio bugiardo: «a chi ha
sarà dato, a chi non ha sarà tolto –
anche lo sguardo».)

Questi versi stavano nel libro come post scriptum, come erratico reperto. T'avevo fatto credere d'averli composti al mare, ospite degli eredi di Pasolini a Sabaudia; invece sono versi di lago, vengono da Sirmione. Amedeo adesso vive con un ragazzo sordomuto, un bel ragazzo d'un biondo quasi verde – che gioca in giardino e interviene nella conversazione solo con degli «a-ah» o degli «o-oh» («per ora sta raccogliendo le vocali, poi collezionerà le consonanti e alla fine mi farà un bel discorso, vero burba?»). Non volendo più entrare in sala operatoria, dopo quello che era successo, s'è occupato molto di politica sanitaria e da settembre è stretto collaboratore della Bindi – il suo potere è aumentato invece di diminuire.

«Come si *muore* bene in questo letto» hai detto in un lapsus l'altra sera, volevi dire «come si dorme». Anche tu cominci a stufarti, è chiaro – fai l'amore con l'aria di chi è impaziente di scendere dal tram. (Ma a volte, quando ti credo già addormentato, ti rigiri verso di me e mi tocchi la fronte, i baffi, come quel bambino che ho visto al cinema: che i tedeschi avevano appena sparato a sua madre e lui, non rendendosi conto che era morta, cercava di allargarle le labbra con le dita.) Che non ci sono più margini l'ho capito quando t'ho visto far scivolare *apposta* due monete da duecento lire tra il cuscino e la poltrona...

Invece della spedizione lionese, nell'agenda meschina del nostro nuovo benessere c'è stato un viaggio a Lisbona – tutta impacchettata di restauri in vista dell'Expo, d'una tristezza da urlare, con le strade che si chiedevano una a una che cazzo ci stavamo facendo noi là.

Vasco da Gama guarda verso il mare:
la salsedine gli ha fatto un ricamo
di crepe verdi, scolature nere.
Ma non ha smesso di navigare:
se ami qualcuno, o qualcosa, non lo perdi
mai – continui a tremare
anche se brucia, se ti tratta male.
Perché insisti? Così, perché una volta
– in quelle sciocche sere
miracolose – t'ha portato via:
costringendo il tuo nulla a faticare.

(Ah, l'amore del nulla per il mare!)

Vasco da Gama guarda verso il mare:
sogna il riposo della fonderia.

Speravo che il Tempo si rimangiasse gli anni, che con la ricchezza ti si tornissero i muscoli, che la vecchiaia portasse a una sublimazione del sesso, che ti ammalassi gravemente d'un virus esotico – gli accessi di vomito ti devastano, rantoli e bruci di febbre, ti tengo le mani sul cuore come se la tenerezza potesse scongiurare un'embolia, interpello tua madre («accussì faceva l'autro pure»), poi la corsa verso l'ospedale e l'incidente... Niente è più vergognoso della speranza.

40

Il bronzo è uno dei materiali più sexy che esistano, chi ha visto il Perseo di Cellini nella loggia dei Lanzi sa di cosa parlo. Sognare la fonderia significa sognare il deposito dove i culturisti vengono ammucchiati quando non servono. La colpa è stata tua, indirettamente. Sai quando Amedeo m'ha telefonato accusandomi di tirargli addosso tutta la criminalità del meridione, che un napoletano («con una voce da fargli un pompino al volo») l'aveva minacciato di spezzargli le gambe se non stava zitto? Voleva denunciare la cosa ai carabinieri, «non posso permettermi che un mentecatto qualunque mi violenti con la sua merda». L'ho tranquillizzato, non succede niente sono dei poveracci, in ogni caso m'incarico di tutto io, se dovessero continuare ti faccio cambiare il numero di telefono a mie spese, non denunciare niente per favore; anzi, ho un amico carabiniere, lo sondo con cautela su come ci si deve comportare, se ti conviene registrare i messaggi o che, lo chiedo a lui.

Pietro è accorso subito, allegro come un cane quando riporta il bastone; contento che l'avessi richiamato dopo tanti mesi – il leggero ansimare era dovuto ai chili di troppo («in caserma me sto a scofanà de tutto de più»); la divisa gli va stretta, le cuciture laterali dei pantaloni rischiano di schiantare. La sorpresa è stata che vi conoscevate («anvedi chi ce sta qua, ciao Nico»), perché curava la security nel locale dove hai fatto il deejay; non m'è stato di grande aiuto («boh, te posso arimedià 'no strumento pe' indovinà er numero da 'ndove hanno fatto 'a chiamata»), mugugnava per il lavoro («si sei 'n mafioso te fanno l'interviste e te danno 'a scorta, si sei onesto t'oo piji in quer posto, che fa pure rima») – solo per un attimo, mentre lo riaccompagnavo alla porta, ha avuto un lampo di malizia («m'ariconosci ancora?»).

Dopo ti sei divertito un bel po' a prendermi per il culo («sarebbe quello l'essere divino, il gioiello che sòlo a vederlo ti fa venire il batticuore?») e hai creduto fosse finita lì – invece l'ho invitato a cena e gli ho chiesto se poteva farmi, come dire, da procacciatore («mica so' tutti fregnoni come me, sai sì quanti ne vedo a uscì de notte in pattuja, seh, e poi co' uno rispettoso come te, t'averebbero da pagà loro»); me ne ha procurati due, uno rossiccio dai quadricipiti enormi, l'altro olivastro coi pettorali a siluro. Abbiamo una parola d'ordine, quando chiamano che ci sei tu riattaccano immediatamente: così ho la comodità d'un servizio a domicilio e loro la sicurezza d'una piccola rendita.*

Sei stato tu che hai voluto fare cassa comune: così ora lo sai dove finisce una parte dei soldi che prelevo, non finiscono tutti dai miei genitori. Pensavo di ripianare con l'anticipo dell'editore, invece... Sei contento che il libro sia fallito, di' la verità. Eri *tu* che non volevi sputtanarti («eh già, tu vivi nell'utopia») – ma quello che non sai è che quel libro, com'era venuto fuori, ormai lo odio più io di te.

* *Nota '98*. Questa è l'ultima bugia, ripeto, a Mimmo sono sempre stato sessualmente fedele. In fatto d'erotismo, ora, posso accontentarmi anche d'una matassa di lana rossa appesa a una scala o d'un biacco che annusa un guscio d'uovo. Ma, vi prego di credere, era per esser proprio certo certo che mi lasciasse *dopo aver letto*: la gelosia mi pareva (sbagliando) un buon tasto. Poi volevo anche vendicarmi, in generale, della sua faccetta che restava ingenua pur essendo in carriera: «come mai mi vuoi sempre così bene?» – e io che gli stavo preparando questo piattino. Ma tanto, le decisioni spettano sempre a me.

Il libro neanch'io lo voglio più, voglio strapparlo perché è goffo e schifoso; voglio liberarmi di queste scorciatoie, di queste illusioni di strategia e di crescita, finte scale per far vedere che sono bravo a cancellarmi i timbri dalla fronte. Io desidero *essere colpevole, ci sputo sulla vostra "vita", e sulla vostra malavita che ne è un surrogato miserabile. La sola vera colpa è essere simili a Dio: io lo sono e tutta la bellezza del mondo m'è dovuta. Voglio installarmi in un albergo e farmi pisciare in faccia da un algerino tracimante di muscoli – povero Mimmo, davvero ci hai creduto, alla mia conversione? Tu credi a tutto, devo salvarti. Io voglio muscoli, voglio culturisti grossi così, non m'importa niente se mi schifano, io li voglio! Io sono questo, e quando finirà morirò, solo come un cane e sarò felice! Mi sono ritrovato, finalmente: mi vergogno d'essermi lasciato andare, agganciato a un traino che non era il mio. Merda al dovere, e al dovere dell'antidovere, agli auguri di San Valentino – non ne posso più dell'amore, voglio muscoli dio cane, voglio muscoli. L'alto è il basso e viceversa; quando sei venuto a cercarmi hai fatto (e non nel senso che credevi tu) davvero una cosa contro natura. Rompo la bottiglia dell'olio, picchio i pugni sul letto, sono senza uscite ma sono io. Prendi questo libro e brucialo, Mimmo: perdonami, perdonami.*

Così avrei dovuto scrivere, in un biglietto d'accompagnamento, quando te l'ho dato da leggere la prima volta. Spietato ma non ancora esaustivo. Se vogliamo esplicitare fino in fondo, le due questioni che si pongono adesso sono: 1) perché lo stare con te m'ha condotto a scrivere un libro falso; 2) come faccio a recuperare la mia indipendenza. Per rispondere a queste due questioni, è ora che ti parli della Siringa: si chiama "self-injector", è una specie di pistola automatica che spara un ago sottilissimo nei corpi cavernosi del pene, iniettando un liquido che favorisce l'erezione.*

* Nel '95 non si parlava ancora di pillole, e comunque mi sarebbe parso volgare.

I momenti più belli che abbiamo vissuto insieme, li dobbiamo a lei.

Se il tempo è la quarta dimensione dello spazio, la novità può fare le veci della bellezza (come di mattina l'acido urico può fare le veci del sangue) – ma già dopo un mese la tua novità non m'era più sufficiente. Così mi "aiutavo". Ora non c'è più siringa che tenga, te ne sarai accorto.

Desideravo diventare *normale* – sarebbe stata quella la vera avventura, un'avventura d'équipe. Ci scherzavo, anche («oggi "l'Espresso" dice che D'Alema ha reso "normale" andare in barca a vela; pare che ultimamente riesca a rendere normale tutto quello che tocca – dovrei andarlo a trovare, hai visto mai...») – ma non c'è niente da ridere, perché si può dimostrare *scientificamente* che è impossibile per due maschi amarsi a lungo. I maschi, per gli omosessuali, sono un'illusione ottica: volerci impiantare una convivenza, rivendicando tutte le prerogative d'un amore fertile e sincero, è come la scimmia che crede di trovare un'altra scimmia dietro lo specchio.

Dai tuoi viaggi di trapianti torni dicendo «è triste stare soli» (trad. «la pace domestica è l'inganno a cui aggrapparsi»); la mattina il lavandino è pieno di padelle incrostate dall'odore di pesce e mi si stringe l'esofago perché una buona mangiata è l'unico regalo che ci siamo concessi ieri sera. Imitazione di un'imitazione.

Lo sappiamo tutti e due, in coscienza, quale sarebbe la scelta pulita: ma il conformismo ci paralizza. Il tuffo, di nuovo, nell'anomalia. Su, non siamo pecore: il meglio è finito da un pezzo, le scorte si sono esaurite, quello che abbiamo davanti è solo un lungo seguito di *aggiustamenti in levare*. M'hai involgarito, m'hai allontanato dalla verità: ti prego cercati un compagno (o una compagna) più adatto alla tua età e alla tua indole. Se davvero mi vuoi bene, fai l'ultimo gesto utile, lasciami libero. Visto che con te non si può giocare di sottintesi, te lo scrivo in maiuscole: MI PENTO D'AVERTI AMATO E ANCORA DI PIÙ D'AVER SIMULATO L'AMORE.

Questo è il libro vero, quello che avrei dovuto mostrarti fin dall'inizio e anche il più corretto dal punto di vista morale; l'altro cancellalo, tieniti a questo e agisci come credi, qualunque cosa deciderai ti capirò.

FINE

Ecco, questo è il remake che Mimmo ha letto due mesi fa. Per sottolineare che non era più un libro con ambizioni pubbliche ma un nostro oggetto privato, gli avevo anche preparato una bella rilegatura, con il trompe-l'oeil di un ragazzo che scappa dalla cornice. Un regalo d'addio, insomma. Perfido fin che volete ma pur sempre azione di guerra, strategia lecita. Lui ha voluto sottrarsi e chi si sottrae ha sempre torto. Forse ha creduto di "far trionfare l'amore", come se questa espressione avesse senso. È solo un'altra invenzione su un altro piano, la freccia vista dalla parte della coda. Se ci tenessi a primati di questo genere, dovrei assicurarvi che la mia vita ne è stata deviata – ma non mi abbasso a dimostrare, anzi, credete pure quello che volete. Io sono un figlio di puttana che scannerebbe sua madre per trarne un singhiozzo, tutti intorno a me stanno benissimo e la vita mi sorride. E andate affanculo. Il resoconto *dettagliato* è la mia unica arma e non vedo perché dovrei risparmiarvelo.

Eravamo a Bergamo, dunque (io per un seminario alla Tiraboschi e lui sceso a Orio al Serio dopo un trasporto): c'eravamo commossi davanti al *Ricordo di un dolore*, un ritratto femminile di Pellizza da Volpedo; Mimmo inavvertitamente aveva girato gli occhi alla finestra che non c'era. Sempre straordinario davanti ai quadri: se non fosse stato per l'allarme, l'avrebbe toccata sul grembiule. Per dire che era stato un pomeriggio come gli altri, la sera poi recitavano dei clowns in Piazza Vecchia: delle maschere anzi, teatro di strada. Pulcinella muore per un'indigestione di spaghetti e come tutti i poveri si ritrova all'inferno: all'ingresso dell'inferno incontra la Morte e le chiede di poter soddisfare l'ultimo desiderio, un bicchiere di vino. La Morte risponde che hanno solo Coca-Cola da quando la Coca-Cola è diventata lo sponsor ufficiale dell'inferno; Pulcinella sconsolato afferra la lattina, ma dopo aver bevuto s'accorge che sul fondo c'è la dicitura d'un concorso a premi e che ha vinto un posto in paradiso.

Siamo tornati in albergo, il libro gliel'avevo già dato da due giorni e l'aveva infilato in borsa accompagnando il gesto con la recente bruschezza: «dammi 'sta stronzata che me la sbrigo in viaggio». All'albergo la solita manfrina per non far vedere che dormiamo insieme: storditamente dice al portiere di svegliarlo alle sette, senza pensare che la sveglia suonerà nella *sua* stanza, quella singola che resterà vuota. Abbiamo dormito malissimo, io per la luce del terrazzino, lui per l'ansia d'essere in piedi alle sette meno cinque e correre nella sua stanza in tempo per rispondere alla sveglia; quando l'ho sentito che si alzava, nella pigrizia del mezzosonno non l'ho nemmeno abbracciato. Poi grida, richiami dal basso dei venditori del mercato nella mattina nebbiosa – e, incontrovertibile, una sirena d'ambulanza. Qualcuno, per una botta di vertigine o più probabilmente un malore, era caduto dal terrazzino d'angolo; caduto di schiena, la violenza dell'impatto al suolo ha provocato l'esplosione d'un ventricolo. Non toccatelo. Solo un filo nero dalla bocca, il viso coi bellissimi zigomi e gli occhi aperti, intatto. La spalla destra in una posizione innaturale; la curva delle ascelle, dove sua madre rimpiangeva di non avergli fatto le ali.

Mi sentivo protagonista, come adesso mi sento libero dall'obbligo di esibire emozioni. M'accorgo di non lasciare impronte, cammino su suole alte dieci centimetri e la folla mi evita. M'aggrappo ai baveri per farmi ascoltare ma la mia voce mi ritorna indietro. La gente fa come se non fosse successo niente e allora sono io che non voglio ascoltarli; non voglio ascoltare niente e nessuno, mai più. Si avrà il diritto di essere unilaterali. Se tocco la patta dei pantaloni d'uno fermo davanti alla Standa, fa così con le dita come per togliersi un granello di polvere; sbatto gli stinchi sui paraurti dei furgoni e ho l'invulnerabilità d'un androide. Passerà.

Ai funerali Sonia m'ha detto che avevano progettato d'andare insieme in Lussemburgo – sostiene d'avere abortito, due anni fa, un figlio suo: lo dice per cattiveria, crede d'inchiodarmi alla mia sterilità e invece la notizia me l'avvicina. Questo della mia colpa è un argomento che non intendo affrontare, gli amici mi trattano come se fossi convalescente e la cosa mi fa comodo, per ora. Volevo soltanto che mi lasciasse. Non ha mai sofferto di vertigini in vita sua. Era l'uomo più lontano dalle vertigini che si possa immaginare. Aveva una salute di ferro. Se fosse stato cagionevole, avrei saputo come volergli bene.

Vivo col telefono staccato. L'altra notte ho sentito il suo odore di quando gli abbassavo gli slip e non s'era lavato – non ho saputo resistere. (Quella sera, per la prima volta in tre anni, m'aveva succhiato senza chiedere niente in cambio, senza venire lui, voglio dire – ma solo dopo, dopo quello che è successo, ho pensato che poteva essere un segnale – l'avevo fatto io tante volte, senza dar peso alla cosa...) Non saprò il resto della favola. Mi sono spinto in culo il manico della spazzola fin che non è uscito sangue. Mi manca non quello che era, ma quello che rappresentava e che non ho più voglia di far rappresentare a nessun altro. Dovevo averne cura. Nella caduta un osso della spalla è uscito dalla propria sede, imprimendo alla clavicola un'inclinazione strana, rialzata e rientrante verso il collo. Mi costringeva a essere quel che non potevo essere – era uno di quei temperamenti che sono sempre in prima fila quando si tratta di accollarsi lavori pesanti, e invece di farsi adorare ti adorano loro a te. La cosa profonda di lui, che non ho capito, è quanto possa essere grande la paura.

Ha creduto di pulirsi dello schizzo di fango che s'era ritrovato in faccia. Mentre sto in treno, le gocce spinte dal vento contrario alla corsa sfidano la forza di gravità, tagliano il vetro in diagonale come girini, si scavano un sentiero attraverso l'appannatura. S'è tirato indietro, s'è lasciato cadere: anch'io sono caduto nel passato, quell'arancione all'orizzonte è del millenovecentosessantadue.

Quando siamo saliti sulle dune e il sole ha bagnato noi per primi, prima del ragazzo e della ragazza finlandesi, dovevamo morire allora e non sarebbe stato difficile: non ci sarebbe stato bisogno nemmeno dei funerali. Bastava *accontentarsi.* Svanire come fumo. Per non parlare di Lampedusa, del mare così limpido che i pescetti argentati proiettavano la loro ombra sulla sabbia bianca del fondo.* Lo zibibbo. La morte è peggio d'un profittatore di guerra, d'uno sciacallo che deruba le case abbandonate dai profughi. Due farfalle, maschio e femmina, facevano sugli ibischi la stessa identica cosa che avevamo fatto noi durante il temporale.

Dall'altra parte del letto, da toccare avrò solo la sincerità. Chi l'ha detto che per godere dell'affetto o della compagnia di qualcuno ci si debba per forza infilare qualcosa da qualche parte. Non m'importa niente nemmeno dei ricordi – anche adesso, anche in queste righe, *parlo di me e non di lui* – il salto dalla finestra, come categoria dello spirito, mi pare una minchiata. Punizione di che? Non so dove stia la tabella di valori che mi comandi di soffrire. Ogni tanto, forse. Ma così, un dolore normale.

*

«Ciao.»

«Ciao.»

«Non hai voglia di parlare con me, vero?»

«Ho ritrovato Agnese.»

* Non so perché mi ci aggrappo tanto a quest'immagine dell'*ombra* delle sardine che ci precede limpida mentre camminiamo nell'acqua. Forse i paradisi terrestri sono come gli alberghi: c'è chi può permettersi un cinque stelle e chi deve accontentarsi di un meublé.

«Chi? Ah, sì. Ho capito.»

«Qui viviamo tutti insieme.»

«Non mi vieni mai a trovare, neanche in sogno.»

«Non potevo riempirlo un desiderio come il tuo, sai?»

«Al di là di me, io ti volevo bene.»

«Lo so, non preoccuparti.»

«Puoi venirmi a trovare qualche volta, quando sono disperato?»

«Qui lo sanno che m'hai ucciso tu, non mi lasciano venire: stavolta ho fatto la fuga, ma non so se posso tornare.»

«Io resterò sempre solo, te lo prometto.»

«Figuriamoci... asciugati gli occhi, dài, che la giostra ti aspetta.»

«Lì su da voi per me non c'è posto, non ci vedremo più.»

«Tanto t'annoieresti qui, topolone. È stata colpa mia.»

«Come colpa tua, di cosa?»

«Quando stavi male perché t'avevano respinto il libro, e siamo andati al cinema a vedere Cime Tempestose*...»*

«All'uscita spiavi sempre le mie reazioni, per capire cosa dovevi pensare dei film, e quella volta mi sono messo a piangere come uno scemo.»

«Sì, e gli studenti ti guardavano; è stata colpa mia, non ho avuto il coraggio di fregarmene di tutti e di abbracciarti.»

«Non te l'ho chiesto.»

«Senti, posso chiedertelo io un piacere?»

«Quello che vuoi.»

«Me la dici l'ultima poesia?»

«È brutta, l'ultima è proprio brutta.»

«Per me no. Dimmela.»

«Se non le vuole nessuno | queste parole d'amore | ce le teniamo per noi...»

«Scusami, devo scappare, mi chiamano, scusa scusa, me la finisci un'altra volta.»

«Non credo. Ciao.»

«Arrivederci amore mio.»

P.S.

E adesso? Umiliarmi al punto da spedire *tutto questo*, questo com'è ora, in questa forma "a strati", di nuovo a un editore? Secondo mio fratello, no. Trova disgustosa perfino l'idea. Ma lui sa. Agli altri potrei dire che è una metafora.

Non si può fermare un ingranaggio; se le cose si ripetono, è perché *devono* ripetersi. L'editore è responsabile quanto me. Rischio di restare per sempre minorenne, ma uno non può scegliere il luogo della propria verità. È vero quel che ha senso, non quel che si è vissuto. Anche chi compra il libro, allora, è complice. Dalla copertina, a spremerla, può uscire del rosso. Nessun libro vale la vita di un uomo. E se lui fosse stato disposto a darla, la sua vita per le mie parole? Di che v'immischiate. Ciascuno faccia il proprio mestiere e chi non è d'accordo si dissoci.

Cosa volevate, la genuflessione alla betoniera divina, il ticchettio dei giorni nelle vene, i suoi viaggi nella Russia del Nord, la sua faccia appassita nel cappotto grigio (il nord non gli si addice – non gli si addiceva)? Che invecchiassimo insieme, il crepuscolo che cede di un grado ogni mezz'ora, lunghissimo come un sentimento senza grazia, che io ho fatto diventare un orrore? Ci penso, sì. Non si sopravvive a un omicidio e mezzo, per legale che sia. Teneva le mani parallele, col palmo in avanti, all'altezza delle orecchie (era il nostro gioco al mare, la sua minaccia scherzosa che si sarebbe tuffato e mi sarebbe passato sotto le gambe) – come un castoro in perlustrazione. Un roditore attento alla tragedia («la pelliccia macchiata di sangue | è colpa mia. Tuffati, lava le macchie | ma non mandarmi via. | Sarò buono, staremo nella media»).

«La sublimazione» scrive Norman Brown «è il meccanismo di difesa tipico dell'uomo civile, l'annullamento è il meccanismo di difesa tipico dell'uomo arcaico.» Questo trapanare tremendo non mi fa dormire la notte ma cazzo almeno è qualcosa contro l'ottundimento, l'estraneità definitiva.

Alla ragazza d'un secolo fa, col naso rosso perché se lo dev'essere soffiato tante volte mentre piangeva, oltre al velo di lacrime deposto con delicatezza estrema tra palpebra e palpebra, Pellizza non ha potuto impedirsi di disegnare una bellissima cintura dorata: un augurio e un presentimento.